MAÎTRESSE KRISTAL

ET AUTRES BRIS DE GUERRE...

Jean Vautrin

Maîtresse Kristal
et autres bris de guerre

nouvelles

Fayard

ISBN : 978-2-213-62548-5

Peu importe la guerre,
Peu importe si elle a eu lieu,
Peu importe si c'était en Algérie, en Irak, en Ukraine,
À Bitche, à Verdun, en avion, dans la plaine,
Ce qui compte à mes yeux
C'est qu'on a eu tort de la faire.

J. V.

Pour Anne,
ce recueil de nouvelles,
en souvenir du jardin japonais.

AVANT-PROPOS

Je viens de Lorraine, une terre déchirée, un jardin de feu labouré par les guerres. Et sans doute le pays natal, même lorsqu'on s'en est éloigné, est en nous pour toujours.

Il chemine. Il resurgit. Il s'impose.

C'est d'abord ce doux, cet humble commencement, bien ancré avec l'aide du temps. Ensuite, au milieu de l'âge, c'est la poigne des guerres qui nous hante aux heures d'incertitude. À la fin, devant le grand fleuve rouge du sang des soldats de tous les âges, de tous les pays, c'est la barque du passeur emplie d'images déteintes qui revogue devant nos yeux pour la moindre douceur de cœur.

*

Ma jeunesse a été marquée par les contes de famille, par la vaillance de mes oncles colonels, et la voix aujourd'hui engloutie de ma mère me raconte pour toujours qu'à Saint-Privat-la-Montagne, dans le cimetière de famille, j'ai joué, tendre enfant, sur la tombe du uhlan de la mort et du cuirassier français qui s'étaient mutuellement embrochés au milieu des sépultures et reposent désormais côte à côte.

Sommeil de cendres. Photos sépia. Rêves d'héroïsme, les statues des anciens morts nous parlent à l'oreille. Elles ont des trucs incroyables à raconter.

Amertume des défaites. Buée de plaintes, hachis de batailles, charges de fougue – les images sont toujours bruyantes.

Toujours refleurit la fleur aux fusils des hommes. Toujours il se forge d'autres guerres. D'autres perdants. D'autres floués.

*

Ceux qui me suivent le savent. La musique des abandonnés est dans mon jeu. Si, dans ce recueil, *a contrario* des modes, je fais surgir des fusillés de 1917, des rapatriés d'Algérie, des moujiks, des harkis, des rescapés du Vietnam, des fascistes désaffectés, des enterrés du fort de Vaux, c'est parce que j'aime écouter les drôles de voix tremblées de ceux qui racontent l'incompréhension, l'injustice ou l'infecte saumure d'un monde où la folie des projets humains les a plongés.

*

Ainsi le grand bruissement du sang versé et le récit de l'endurance des hommes nous rendent-ils prisonniers à jamais d'une unité vivante, d'un foisonnement, d'une hérédité, d'une responsabilité, d'un atavisme où la perspective de l'anéantissement de chair s'inscrit sans bonté, sans méchanceté non plus – simplement nous place dans la lignée d'un héritage de tumulte.

Voilà, je pense, de quoi mieux éclairer les sources de mon pacifisme libertaire. J'aime la drôle de vie chahutée de ceux qui bousculent l'ordre, se rebellent ou s'insurgent. Je suis touché par les perclus de guerre qui poussent des cris d'amour, de colère ou de doute, et lèchent tant bien que mal leurs blessures. J'aime leur humour, leur déraison, leur désespoir, qui n'ont plus rien à perdre.

À l'automne de ma vie, j'ai voulu rendre compte des bris de guerre. Des blessures collatérales. Des séquelles invisibles laissées par l'empreinte des vaines batailles.

Rebelle je suis. Engagé, certainement. Embrigadé pour le casse-pipe des nantis, sûrement pas.

J. V.

Maîtresse Kristal

Ali. Je m'appelle Ali Bouchaieb. À la veille d'atteindre mes treize ans, j'ai les épaules lourdes. Je me suis fixé une tâche insurmontable de justicier.

*

Pas plus tard que ce matin, pour donner un début de réponse à mes projets, j'ai dérobé le pistolet que mon père conserve depuis la guerre d'indépendance.

De remords, pas. En l'absence de mes parents, je guette mon image de profil dans la glace. Les poings dans les poches, les mâchoires serrées, je me jette un regard terriblement sombre. Je respire au ralenti. Je guette le moment où je serai prêt à jeter ma peau d'enfant dans les ronces.

*

Chaque jour, depuis les premiers événements, je prie Allah de me donner l'audace et la mentalité de hors-la-loi qui me permettraient de voler assez d'argent pour rembourser les emprunts de ma mère chez l'usurier Youssouf, un méchant homme qui la presse d'échanger sa dette contre une nuit d'amour sur son gros bide huileux.

Youssouf occupe la baraque du bout du camp. Cet homme à l'aspect effrayant exerce à la fois les fonctions de gardien et de prêteur sur gages. Rescapé d'Indochine, l'ancien adjudant vit d'une pension versée par la France. Une lointaine blessure au napalm a laissé sur son faciès de brute la trace d'une main de flamme. Elle lui a effacé le nez et a transformé son visage en un masque de cuir bouilli.

*

Je ne suis pas là pour me plaindre, même si je m'apprête à évoquer un de ces épisodes pénibles de l'existence comme nous en connaissons tous, je suppose. Un de ces moments où plus rien n'a de sens.

Ma mère et moi, nous vivons avec mon père une époque noire. Notre vie entière tourne au cauchemar furieux. Et rien qu'à évoquer les événements cuisants qui sont le tout-venant de notre quotidien, une odeur infernale emplit ma tête de toute sa puanteur.

*

Depuis que la métropole a perdu l'Algérie, le sergent Kader Bouchaieb bat régulièrement ma mère. Il en revendique le droit et je n'ose pas le contredire, puisqu'il est mon père.

Rapatrié dans les bagages de l'armée française, sitôt oublié par la République, l'ancien harki est aussi déboussolé qu'un chien abandonné par son maître.

« Salaud, *di Gaulle* ! il ressasse sans arrêt. L'espérance est morte ! Renégat ! »

Il accepte mal d'être parqué dans un camp. Il se sent prisonnier. Il est devenu nerveux. Il a repassé son uniforme de supplétif, rangé ses papiers militaires au fond d'un placard et accroché au mur ses médailles de bravoure à l'abri d'un sous-verre. Rebut de l'armée coloniale, il reste assis pendant des heures sur le banc installé devant la porte de notre baraquement. Il s'est mis à boire. Il fume cigarette sur cigarette. Il bouge à peine les épaules. Il remâche l'ingratitude des gouvernants. Il fixe une échappée de soleil entre les branches d'un figuier. Il garde les yeux grands ouverts sur le vague.

*

Tôt matin, il se rince la bouche au-dessus du lavabo et se rase. Il gratte vaguement son maigre biceps – une habitude nouvelle – et profite d'un regard vers la fenêtre pour voir passer au loin l'automobile blanche du capitaine qui commande le camp. Il longe le couloir sombre. Il se courbe. Lancés à l'aveuglette au fond d'un coffre, ses doigts mettent au jour une boîte de cirage. L'ancien militaire lustre ses chaussures avec un soin particulier.

Il passe la grille de sécurité du camp, salue le gardien et, d'un pas décidé, se rend jusqu'au carrefour de deux routes où se trouve l'arrêt des cars pour Marmande. Une sorte d'énergie naturelle le pousse chaque jour à essayer de s'engager comme saisonnier dans les vergers de pêchers. S'il ne trouve pas de travail, il rentre au camp avec ses grands airs d'être ailleurs.

Le soleil est une boule de feu. Sa lumière plate et aveuglante enlève tout mystère au terrain défoncé où les autorités ont aligné à la hâte les baraquements en demi-lune qui abritent nos familles.

Sur le seuil de notre gourbi, Kader gratte vaguement son maigre biceps. Il crache son jus de tabac et ôte ses lunettes de soleil. Il frappe sa femme comme on bat son âne. Par habitude plus que par méchanceté. Il la *bourrique*, comme il dit.

Ma mère est belle, trop belle pour le regard harcelé de désespoir de l'ancien soldat. Trop délicate pour sa bouche qui sent l'anisette et le tabac brun. Il est jaloux et brutal. Elle est coquette et fragile. Il lui reproche d'être plus jeune que lui. Vingt ans, ça ne se rattrape pas, il répète sans cesse.

*

Le temps faisant son œuvre dans sa cervelle dérangée, Kader s'est inventé de nouvelles raisons de la corriger. Par exemple, il veut savoir d'où viennent les pendentifs et les bracelets d'argent qu'il a trouvés dans la poche de sa robe.

Quand il la fouette avec sa ceinture, elle met les deux bras derrière sa nuque. Sa bouche est pleine de dégoût. Elle pousse de petits cris d'oiseaux. Elle s'abandonne à la douleur. Mon père se laisse aller à une rage grandissante.

Saoulée de coups, Aïcha tombe au sol comme un paquet noir. Lui, l'ancien harki, la tête farcie de pensées obsessionnelles, pose ses yeux sauvages sur sa victime. Effrayé par sa propre barbarie, hirsute et puant, il prend la fuite.

Je me précipite au secours de ma mère. Je lave ses plaies. Je couvre son doux visage de baisers. Elle tend à la lumière son front admirable où s'inscrit la douce musique de l'éternité maternelle.

Plus tard dans la soirée, lorsque le bourreau rentre d'un pas pesant, c'est lui qui la supplie de pardonner. Elle se déshabille à contre-jour du paravent. Elle se glisse entre ses bras. Du fond de notre pièce unique, étendu sur mon lit, j'écarquille les yeux pour lire la nuit au travers de mes larmes.

J'entends leurs voix brûlantes. Ils parlent du pays de Kabylie, des grands champs d'oliviers et de la terre gorgée de chaleur. Sorte de ricochet de l'âme, Aïcha s'immobilise un moment devant leur photo de mariage. Derrière eux, une maison blanche mangée par le soleil. Un palmier dans le lointain. Ils sourient à l'objectif. Ils se tiennent par la taille. Ils sont heureux.

Aïcha porte la main à sa bouche. Soudain, elle fixe Kader pour partager quelque chose, et soupire :

« Quand je revois ça… ces jours sacrés… La lune est grise, mon cœur aussi… »

Elle échappe à mon père. Elle va se poster devant la fenêtre. Elle essuie ses larmes avec le dos de sa main. Elle renifle. Sa chemise de nuit s'est soulevée sur ses jambes. Elle appuie son front contre la vitre. Une lumière mauve ourle le contour de ses épaules d'une transparence incandescente.

« J'ai de la peine pour toi, mon époux. Je ne te reconnais pas », dit-elle, et son intonation rauque communique à sa chair une sorte de léger tremblement.

Mon père montre des signes d'égarement. En silence, il laisse venir une buée qui envahit ses yeux cernés de rouge.

À cette minute même, je cache ma tête sous ma couverture. J'exposerais volontiers mon corps à ses coups plutôt que de l'entendre geindre et sangloter de la sorte.

Je compte jusqu'à cent – une pratique que j'ai gardée depuis ma prime enfance – et m'endors. Je rêve que je grimpe les échelons d'une échelle sans fin. J'accélère mon ascension. Toujours le bord de la terrasse m'échappe. Je me réveille en sursaut.

Mes parents dorment. Ils sont enlacés. Les draps sont froissés.

Je reste un moment assis au bord de mon lit, les mains posées sur mes genoux serrés.

D'un coup, je me dresse et me jette dehors. Personne pour me retenir. J'arrive en ville où j'ai la certitude que seule une grande haine pourrait faire battre mon cœur.

*

Un soir, alors que mon esprit divague une fois de plus sur le terrain de ma cruauté à venir, je longe les contours d'une barre achélème.

Non loin d'un cyprès, un tourniquet rotatif fractionne le temps en petites tranches de fraîcheur. L'arrière-plan sonore est constitué par un roucoulement de voix enfantines. Elles psalmodient une comptine d'où s'échappe parfois un rire. Le grinçant va-et-vient d'une balançoire aggrave l'état de lourdeur de ce début de nuit du mois d'août. L'orage rôde derrière les collines. Au bout du terrain vague, des chiens errent à la recherche d'immondices.

Je me glisse dans l'ombre d'un porche de briques rouges. Je m'engouffre sous la voûte obscure d'un immeuble. Au travers d'un vitrage raviné par les pluies successives, j'examine les plaies suintantes du bâtiment.

Cage d'escalier et graffitis. Jus de salauds et tags gothiques gravés à la bombe. Les murs insultés sentent l'urine. *No fun, poisoned city.* Ricky encule Paco. Au charbon noir, *love above all.*

Rez-de-chaussée, chaleur et rires.

J'entends venir des pas.

*

Je sors le Beretta de ma poche. Je tourne son acier bleu entre mes mains. Une grande femme s'avance dans ma direction.

Au passage d'un réverbère, elle me donne l'impression d'avoir les yeux dans les étoiles. Juchée sur ses talons, elle marche avec des manières d'équilibriste. Cuisses larges. Le cul bouillotant. Avec des déhanchements de bayadère.

Au premier coup d'œil, je la reconnais. C'est cette femme qui, jour après jour, m'assassine les sens avec son parfum dès qu'elle se penche sur moi pour m'embrasser.

« Bonjour, Ali. »

Il lui arrive de me donner des bonbons.

Ce soir, sa jupe de gitane à volants danse derrière elle. Chacun de ses pas tombe miraculeusement sur la marelle du dallage. Je la cueille au moment où elle entre dans la zone obscure qui m'environne. Je braque le museau du pistolet sur son ventre et je balance :

« Ton fric ! Aboule. Vite ! »

Trois longues secondes passent avant que le rouge à lèvres qui orne sa bouche se retrousse. Elle démasque des petites dents bien rangées. Des dents de requin.

« Combien espères-tu m'extorquer ? », demande-t-elle.

Elle est du genre la cinquantaine. Peut-être davantage. Mais les épaules nues. Son corps ganté de noir émerge d'un bustier qui dessine sa grosse poitrine. Sa chair transparente éclaire la nuit.

« Combien comptes-tu que je vais te rapporter ? questionne-t-elle à nouveau.

— Une grosse somme.

— Dis toujours.

— Au moins trois cents balles. »

Elle a ouvert son sac. Elle fourraille pensivement dans son bric-à-brac. Je hume une subtile odeur de bouquet fané. Elle me semble appartenir au genre de brune qui noie les hommes dans sa beauté fatale.

« Alors ? je demande d'une voix pressante. Ça vient, ces picaillons ?

— Ça vient pas », elle répond du tac au tac.

Elle referme la mâchoire de son sac à main.

Pour mon information, elle dit comme à regret :

« J'ai à peine dix balles et des piécettes en monnaie de singe. C'est dire si je ne tape pas dans tes prix. »

Elle lève ses superbes yeux sur moi. Je jure que je sens passer les dures écailles du serpent sur ma peau.

« Vous ne m'aurez pas comme ça », je lui fais.

Elle sourit, histoire de montrer à nouveau ses dents de squale.

« Maintenant, ça suffit, petit, elle murmure. Lâche-moi la roue et va te coucher.

— Vous voulez que je vous bute ? »

Elle laisse retomber un morne silence. Moi, d'avoir à maintenir le poids du pétard braqué sur son bide, je finis par trembler sur place. J'ai mon poignet qui saute, qu'est-ce que j'y peux ?

Elle hoche la tête d'un air entendu. Je grave à jamais la qualité de son sourire et son timbre miel et acier lorsqu'elle m'adresse à nouveau la parole :

« Combien de personnes as-tu déjà assassinées, jeune homme ? », se renseigne-t-elle.

Par Allah, parfois, comme la vie est longue ! Je sens monter dans mon ventre le bruit de cent grenouilles et je ferme les yeux.

« J'en ai bien refroidi trois », lui dis-je en les rouvrant.

Mais son visage est de pierre.

Frappée par une idée soudaine, elle entre par effraction dans mes projets :

« Comment feras-tu disparaître mon corps ?

— Je vous découperai en petits morceaux. »

Ses yeux virent au sombre et je vois une orchidée géante grandir dans ses prunelles.

« Ta méchanceté m'intéresse, elle me notifie. Viens me voir chez moi. Tu sais où j'habite ? »

Je sais, Ali.

*

Elle habite au 8e étage, escalier C, bâtiment B. Lotissement Nelson-Mandela.

Son foutu F3 est le plus exposé au soleil de tout l'immeuble. Sur son balcon, elle cultive deux bacs de bambous, une plante grasse dont j'ignore le nom, un lot de capucines et quelques pots de géraniums. Le reste de l'espace est occupé par un chemin de planches clouées qu'elle appelle caillebotis, une cage à perroquet vide, et un ancien fauteuil de pont du paquebot *Île-de-France* qu'elle utilise pour ses voyages immobiles à l'ombre d'un parasol.

*

Quand je frappe chez elle, vendredi, et qu'elle dit entrez, je la trouve avec les deux pieds dans la même bassine. Elle répète :

« Entre, je suis dans le living. Avec la canicule, j'ai les pieds qui enflent. »

Toute la pièce sent l'encens. Les volets sont

fermés. Mme Ben Bouzrara a une apparence molle. Elle écarte ses mauvaises jambes et j'aperçois sa lolotte au fond de la caverne, quelque chose de vert avec des dentelles pour l'amateur.

Je m'assieds en face d'elle. Elle soupire. Elle laisse palpiter ses paupières. Pas moyen d'échapper à ce drôle de parfum fade qui évoque la mort.

Elle dit :

« Merci de me rendre visite, Ali. Chaque fois que je te rencontre, ça me fait plaisir de parler à un garçon aussi intelligent que toi. »

Sur mes gardes, je lui réponds :

« *Hasma !* Madame Ben Bouzrara, vous arriverez pas à m'embobiner avec du miel de compliments.

— Te voilà bien ombrageux, lapin ! Quel mal y a-t-il à te trouver intelligent ?

— L'intelligence ne m'intéresse pas. Y a que l'pognon qui me motive !

— Le pognon, elle fait, le pognon, j'en ai pas, tu le sais bien !

— Vous m'prenez pour une pomme, madame Ben Bouzrara ! Tout le monde dans la cité sait que vous êtes pleine aux as. Même que vous êtes inconsciente du nombre de gens qui sont prêts à vous assassiner pour vos talbins.

— Talbins, j'en ai pas ! elle proteste en frottant doucement ses mains l'une contre l'autre. Dieu merci, ma richesse est ailleurs !

— Où ça qu'elle est ? » j'ai demandé, Ali.

J'ai la bouche sèche. La nuque raide. Je me sens vachard parce que, plus que jamais, je traverse un moment exalté de jeune déboussolé des camps de harkis. J'agis au prix d'une grande souffrance, la colère roule dans ma tête, et Mme Bouzrara se met le doigt dans l'œil si elle doute de ma détermination. On ne plaisante pas avec mon envie de sauver ma mère des griffes de l'usurier Youssouf.

« Aboule la thune, vieille Bouzrara ! », je rugis avec l'air mauvais de circonstance, et je sors mon beau couteau catalan.

La lame brille dans ma main. J'appuie la pointe du *schlass* sur la chair de son cou.

« Plusieurs fois j'ai failli connaître l'éternité, tu sais, dit-elle d'une voix mal assurée, mais il est vrai, jamais sous la menace d'un enfant... Tu oserais me faire le coup du père François ?

— Maintenant, on est comme ça, nous, les jeunes. Il faut l'argent. L'argent, tout de suite. C'est moderne.

— Tu sais mieux que moi, murmure-t-elle. J'ai pris quelque retard. »

*

Je sens que son magot est planqué dans un coin tout proche. Elle me paraît nerveuse. Elle tripote son mouchoir. J'ai qu'une envie, engloutir son fric. En finir avec tout ça.

« Donne-moi tes sous ! », je gueule à nouveau.

Tant pis si ma voix me paraît bien trop aiguë pour le grand banditisme.

« Moi qui voulais te faire un cadeau ! elle réagit en fine mouche. Quelle déception !

— Fini, les pièges en sucre d'orge ! Aboule la thune, ou je te saigne !

— Réfléchis, lapin. Est-ce que ça n'est pas ton anniversaire, bientôt ?

— Je vais faire mes grands treize ans.

— Ça mérite une petite fête plutôt qu'un drame… Tu ne crois pas ?

— Arrête tes boniments. Pas de fête pour Ali, dis-je sur un ton plus ferme.

— J'adore tes grands yeux, elle fait, nullement découragée. T'as peut-être des yeux qui te mèneront loin…

— Ce n'est pas le moment de plaisanter, vieille Bouzrara. Je suis mineur.

— C'est bon. Va dans ma chambre, perds pas de temps », elle commande.

Je ne me le fais pas dire deux fois. Fourrer mon nez dans l'intimité d'une personne du sexe, ça me donne des ailes.

« Ouvre le tiroir de la commode. Le dernier. »

Sa voix me parvient comme une caresse. Je me regarde dans le miroir de l'armoire à glace. Elle a un grand pageot, Mme Ben Bouzrara, avec des draps en soie noire. Un lit qui donne envie de se reposer.

Le tiroir de la commode est entrouvert. Je commence à le fouiller. J'y trouve des vieilles baleines de corset. Un bouton rose en nacre. Une combine en soie. Deux lolottes, dont une rouge à volants. Mes mains raclent presque le fond du tiroir…

« Y a pas grand-chose… je commente. Des bas… Des z'en soie, des z'à résille, comme les danseuses… et tout un fourbi avec des caoutchoucs…

— Laisse tomber mon porte-jarretelles, petit… Regarde tout au fond… à gauche… »

À l'aveugle, je palpe. Mes doigts rencontrent

le cuir d'un portefeuille. Fissa, je l'ouvre. J'en extrais trois gros billets de 500. Je glisse les talbins dans ma chemise. Mon cœur bat un tambour de sang. Je remets le larfeuille à sa place oubliée.

« C'est tout, je fais savoir. N'y a plus rien.

— Fouille plus loin, tu dois trouver un cadre.

— Un cadre, oui... »

C'est la photo d'une femme. Une brune qui n'est pas moche. Sacré morceau. Allongée sur un sofa capitonné. Couleur rouge. Une femme plutôt bizarre. Elle semble plonger son regard dans le mien. Elle a la peau blanche. Sa robe noire fendue sur le côté laisse voir toute la longueur de ses guibolles. Cette femme d'expérience a laissé traîner près d'elle un sac entrouvert. On aperçoit le manche d'un martinet. À sa droite, un grand clébard. Un chien qui trique en adressant à sa patronne un regard chassieux.

« Merde, c'est fou, je bafouille, la fouetteuse sur la photo, c'est vous en plus jeune.

— C'est bien moi, lapin. Apporte-moi la photo. »

Elle a dégagé ses pieds de la bassine. Elle a enfilé des mules. Elle m'attend avec les jambes haut croisées. Elle marque du talon un rythme très énervé.

Dès que je suis à sa portée, sa main glisse sous ma chemise. Elle confisque le magot. Elle escamote les 1 500 balles. Elle plie en quatre les gros billets.

« Pas de ça, Lisette ! elle fait savoir. Cet argent, je voulais te le donner ! Pas que tu le chapardes !

— C'est ce que vous dites ! Je ne suis pas forcé de vous croire ! »

Sa main droite atterrit aussitôt sur ma joue.

Elle cogne ferme, Mme Bouzrara. Regardons les choses en face : un mec avide de fric comme moi ne peut pas se laisser corriger par une meuf. Je sors ma lame et je la pointe sur sa carotide.

En un clin d'œil, elle bouge. Elle exécute deux, trois écarts imprévisibles. Son genou plie, son pied se détend et vient écraser mon entrejambe. Je lâche mon couteau parce qu'elle m'a frappé aux glaouis et que j'ai envie de vomir.

Ses yeux noirs chargés de reproches m'écrasent au sol.

« Tu te figures pas qu'un merdeux arabe qui n'a même pas connu l'Algérie va faire peur à une vieille juive oranaise qui a failli laisser ses ongles dans les pinces de Klaus Barbie ! »

Les minutes pèsent du plomb. Elle me tend la liasse de talbins.

« Remets cet argent où tu l'as pris.

— Vous z'êtes qu'une vieille avare. Une rapia...

— Tu n'es qu'un petit bougnoule !

— Et toi, Bouzrara, t'es qu'une vieille poule qui a fait de la braise avec son cul !

— Jeune crétin, qu'est-ce que tu chantes ?

— Tout le monde, *ils* le disent ! »

Ses yeux furieux bougent sous ses paupières. D'un coup, elle hurle avec violence :

« Qui ?.... Des noms !

— Toute la cité !... Ils z'ont prévenu : “Ali, fréquente pas cette morue, c'est une pute à soldats !” »

L'atmosphère devient franchement catastrophique. Entre nous, plus rien ne passe. Elle avale sa salive :

« Petit misérable ! As-tu seulement réfléchi au mal qu'il faut se donner pour gagner son blé quand on est une femme seule ? »

À mon tour, une envie de crier déchire ma poitrine.

« Et dans le cas d'un enfant livré à lui-même ?, je lui retourne. Hein ?.... Comment faut-il s'y prendre ?

— On ne s'y prend pas, mon lapin ! À ton âge, ça ne se fabrique pas, l'argent ! Ça s'économise ! »

*

Les choses auraient pu s'en tenir là, mais, ni une ni deux, pour reprendre l'avantage, je lui raconte la descente aux enfers de mon père, sa surchauffe alcoolique, sa jalousie maladive. Sa brutalité d'homme abandonné.

Je lui confie aussi dans quelle mauvaise affaire ma mère s'est mise pour n'avoir pas su résister à la tentation de quelques bijoux. Je lui rapporte fidèlement le calvaire épouvantable de cette jeune mère qui ne sait plus comment rembourser ses dettes à un créancier prêt à la déshonorer, prêt à serrer sa proie contre son large thorax d'obèse. Je décris, je nomme, je désigne Youssouf. Je monte en épingle sa révoltante laideur. Je noircis la dose. J'en rajoute une louche. Mille démons m'aiguillonnent. Je brosse des tableaux où la menace d'un carnage rôde à chaque coin de mes phrases.

« Mon père va les massacrer, un de ces quatre matins. Je vois du sang partout ! »

Et quand je recouvre un peu de souffle, je constate l'effet produit. Bouzrara est suspendue à mon récit.

« Mon pauvre enfant, murmure-t-elle. Mon pauvre enfant, au milieu de la saumure du monde…

— T'en fais pas pour moi. J'ai le mental, Bouzrara. »

J'essaie ce fameux truc qui fait de moi un héros. Je mets mes poings sur mes hanches. J'essaie de m'étoffer. Je souris dans les vieux plis de ma jeunesse saccagée. Arabe et justicier, ça a de la gueule.

« Si je ne trouve pas l'argent pour dépanner ma mère, peut-être je vais me résoudre à tuer mon père avec son pistolet !

— C'est monstrueux !

— J'ai plus besoin de lui.

— On ne remplace pas un père !

— C'est déjà commencé, figure-toi. Ma mère a pris un copain. Je me contenterai de pères de passage. »

Mme Bouzrara me dévisage avec effroi.

Elle échoue dans un fauteuil. Elle mordille

son mouchoir. Elle garde la main gauche derrière son dos.

Un moment, elle se réfugie en elle-même, puis elle se met à pleurer à chaudes larmes. Ses bras sont tendus vers moi, ses mains potelées offertes, ses joues enfiévrées. Et quand son rimmel coule, c'est pitoyable, l'inquiétude sur son visage est si grande qu'elle vous enlève jusqu'à l'envie de la dévaliser.

Vous pleurez à votre tour. Et c'est ce que je fais, la tête engloutie dans sa grosse poitrine.

Je ne suis pas un si mauvais type, Ali.

*

On reste longtemps comme deux pauvres choses dans les bras l'un de l'autre.

« J'habite une bouteille vide, sanglote Mme Bouzrara. Ta compagnie me fait du bien. J'attendais ta chaleur. »

Je redresse la tête. Elle sourit dans ses larmes. Je reçois son beau visage en plein cœur. Ses tempes, son front, ses joues sans poudre sont tatoués de chemins creux.

« Plutôt que de faire voleur et assassin, j'aurais dû faire chanteur, je lui dis. Yé-yé, avec trois beurettes et un orchestre, tu gagnes du pognon.

— Cesse de dire des bêtises.

— Vous z'avez qu'à voir Claude François.

— Mon pauvre chéri ! Tu n'es qu'un enfant avec la tête bourrée de fausses idoles, dit-elle en cherchant partout son mouchoir.

— Pas si sûr que ça, Bouzrara. Le monde change ! Peut-être bien que c'est toi qui es trop vieille pour être dans le coup !

— Sans doute as-tu raison, murmure-t-elle. Je me suis pas mal égarée, ces temps-ci. Je suis restée en carafe, comme un vieux parapluie oublié ! »

Je sens passer un frisson qui descend le long de son échine. Elle répète :

« Merde, j'en ai marre de rester en carafe ! Je veux ma part de bonheur. Il me semble que j'y ai droit sur le tard ! »

Elle dit :

« Tu vas voir ! Tu vas voir… Un jour, je te montrerai que je n'ai pas toujours été le vieux machin que tu as découvert aujourd'hui. »

Elle dit :

« Reviens mardi. Ou plutôt non, mercredi. Tu seras étonné par ce que tu trouveras. Sois à l'heure, midi et quart. On fêtera ton anniversaire. Je te promets que ce sera les mille et une nuits. »

*

On l'a fait.

On s'est revus.

Mercredi, comme convenu. Cité Nelson-Mandela. Bâtiment B. 8e étage. Au fond du couloir crasseux, une plaque de cuivre. Madame Ben Bouzrara, sonnez avant d'entrer.

J'entre. Elle m'y invite. Je pénètre dans le salon. Les meubles ont été déplacés. Sa voix étouffée par la distance me guide vers une porte cachée par des tentures.

Je suis un corridor qui communique avec l'appartement voisin. J'écarte des rideaux. Je passe la tête sous des voilages et, sans comprendre ce qui m'arrive, je pose le pied dans un paradis rouge.

Rouges, les murs et les lumignons. Rouge, la méridienne capitonnée sur laquelle est étendue une créature.

Mme Ben Bouzrara est une apparition. Elle est maquillée très pâle. Elle est empaquetée dans une petite robe noire à trous-trous sur les manches.

Par un décolleté incroyable, elle déballe ses bonnes choses. Des fruits, on en jurerait. Des provisions de bouche. Des seins. Des mamelles blanches.

Plus que tout, elle pose. Lovée dans le velours pourpre, elle garde l'attitude pétrifiée d'un sphinx fixé dans la lave. Elle entrouvre ses longues jambes gainées dans des bas noirs à reflets. Elle porte des escarpins bleu nuit avec des talons extraordinaires qui réfléchissent la lumière. Mais la fascination est ailleurs. Elle porte devant les yeux une sorte de loup en cristal qui élargit son visage et le dos de ses mains est nervuré par des chaînettes rehaussées de gouttes de verre qui riment avec son masque et s'attachent à d'invisibles gourmettes.

Je ne suis plus rien. Je n'ose pas bouger. Je reste devant elle. Je la dévore des yeux et suis tout au fond d'un grand vide.

*

Elle dessine brusquement un sourire radieux en direction des poutres. Elle allume une cigarette égyptienne. Elle exhale une fumée bleu rêve. D'un coup, un éclat de rire la fait partir à la renverse.

Elle demande :

« Eh bien, lapin ! Ta vieille dondon, est-ce que tu l'aimes ? Je te présente Maîtresse Kristal ! »

À part sa poitrine qui a des ambitions d'opéra, elle est admirablement bâtie. Elle est menue à hauteur des épaules. Presque frileuse à me regarder.

Je recule. Je bute contre un chien énorme. Un klebs à poils durs. Genre dogue tacheté de gris et de noir. Regard saumon sous la paupière lourde. Des pattes d'assassin. Un canin en pleine bandaison. Un taïaut avec la bouche amère et la bave prête à couler.

« N'aie pas peur, elle fait. Je te présente Général-des-Aurès, mon vieux compagnon de ri-bamboche. Tu te rappelles ? Tu l'as vu sur la photo... Caresse-le, pour la forme. Il est empaillé. »

De ses deux mains tendues, elle me fait signe d'approcher. Ses pupilles sont hantées par le désir.

Elle murmure :

« Bon anniversaire, Ali ! »

Elle me palpe du regard. Sonde. Va profond. Cherche le miracle.

L'instant d'après, elle se jette sur moi. Elle

me suce les lèvres. Souffle à souffle, elle me dévore avec une grand bouche étincelante.

Pas respirer, Ali. J'ai l'âme à l'envers.

« Donne-moi une minute heureuse », elle supplie, elle suffoque.

J'ôte mes godasses. Mes chaussettes. Pendant ce temps-là, elle bulle comme une fontaine à soda.

« Dis, combien me prendras-tu pour me faire revivre un moment d'amour ? », elle demande.

Je ne sais pas lui répondre.

Elle m'attire à elle. Elle m'engouffre dans sa viande. Je monte au jus, Ali. Je me déhanche sur elle. Sa tête cogne au ciel de la méridienne. Elle râle extraordinaire.

« C'est ça ! C'est ça, le bonheur ! elle zozote. Enfin, je le retrouve ! »

Elle profite de tout son sang. Elle séduit. Elle se fane. Étale ses pétales de beauté. Ses poitrines fondent sous mes doigts. Je l'empoigne comme un toit dans un rêve, quand il faut pas rouler dans le vide. Elle a trente-six culs, Maîtresse Kristal. Ses yeux riboulent derrière le masque transparent, elle m'épluche comme un légume.

Luciole voltigeante, sans cesse elle repart à

la langue. Trois fois, je fais l'hélice. Trois fois le lait bout dans ma tige.

Enfin, elle s'arrête de bouger. Elle s'empêche de vouloir plus. Son chignon s'est écroulé. Nous sommes soudés comme des chevaux d'écume.

« Je suis bouleversée, marmonne-t-elle, les dents serrées. Voilà trois ans que Général-des-Aurès et moi-même n'avons pas reçu d'homme à la maison. »

Sa voix randonne le long des murs rouges.

« Avec un jeune comme toi, j'ai de nouveau envie de faire le tour de l'œuf », elle décrète.

On l'a fait.

*

Le tour de l'œuf, on l'a fait au moins trois fois par semaine. Moi qui étais venu pour piller son pognon à Mme Bouzrara, je me suis retrouvé jeune Arabe en location-vente.

Tôt matin, j'arrivais chez elle. J'avais mes habitudes. Je buvais un verre de lait. Je me faisais un sandwich au poulet. Je rajoutais de la mayonnaise en tube, du poivre, un cornichon. Je lançais une plaisanterie sur ses seins qui s'avançaient vers moi.

L'air de plaisanter, j'abordais ce qui n'avait jamais cessé de me turlupiner :

« Où est-ce que tu planques ton pognon, vieille Bouzrara ? Crache au bassinet ! »

Elle ne répondait pas. Ou alors elle disait je peux te donner 100 balles, ce mois-ci. Ça te fera patienter. J'étais furibard. Je laissais filer un mot ordurier entre mes dents. Quinze jours que je retournais méthodiquement la cambuse pour mettre la main sur ses économies !

Le 31 du mois, je remettais ça sur le tapis :

« À treize ans passés, après qu'une grande personne vous a fourré sa langue dans la bouche, je ne pense pas qu'elle ait le droit de vous oublier… »

Elle interrompait son maquillage, me lançait un regard furtif dans la glace.

« Sois patient, petit homme, disait-elle. Il te faut gagner ton blé.

— Dépêche-toi d'être généreuse avec ton Arabe, Bouzrara, la menaçais-je. Le drame couve à la maison.

— Ton père va de plus en plus mal, c'est vrai, admettait-elle. Mais ta mère se débrouille.

— Comment le sais-tu ? »

Elle levait les yeux sur moi.

« Je suis l'affaire de plus près que tu ne

crois », répondait-elle en gardant sa part de mystère.

Elle m'endormait, la magicienne. Elle me tenait sous sa coupe. Elle lambinait pour se déshabiller. Elle faisait la peau lisse. Elle s'écossait doucement.

« Maintenant, c'est du sérieux », avertissait-elle avec un mystérieux sourire.

Elle retirait son petit slip. Elle me prenait dans ses bras comme un amant-poupée.

« Laisse-toi faire, elle murmurait. Je vais te sortir de tes jours glacés ! »

Avec ses lèvres, elle réveillait la lave brûlante qui bouillonnait en moi. Elle croquait au fruit. Je soufflais le feu par les narines. Son ventre était un pont.

« Fais-moi fondre », elle suppliait.

Je sautais donc Maîtresse Kristal.

*

Je laissais passer huit jours dans un état de fièvre. Je faisais avec elle mes galipettes aux nuages, et quand elle avait son contentement, odeur sur odeur, haleine contre haleine, je lui demandais à nouveau :

« C'est pour quand ? »

Prise au dépourvu, elle godillait trois embardées, incertaine sur ses talons aiguilles. Elle réitérait ses promesses de versement d'argent.

« C'est pour bientôt, elle répondait. Peut-être même plus tôt que tu ne crois. »

Certains soirs, elle retrouvait le boyau de la rigolade. Elle me disait tu vas bientôt voir la juste couleur des choses ! Qu'importe si les événements tournent fous !

Au contraire, en d'autres circonstances, elle devenait grave.

Une tonalité sombre dans le regard, elle me fixait au fond des yeux. Elle disait :

« L'histoire n'est pas neuve. J'ai besoin d'amour, et toi, tu as besoin d'argent. Je sais comment ça finira entre nous. »

Son corps avait perdu tout orgueil. Elle me parlait de plus en plus. Elle me faisait des confidences.

*

À cause de son passé horizontal (une partie cachée de son existence, qu'elle m'a dévoilée au fil des jours), Mme Ben Bouzrara vivait en recluse au milieu des souvenirs de son somptueux passé. Elle ne recevait personne en dehors d'une jeune fille du quartier, Leila, qui lui faisait ses courses et son ménage de temps à autre.

Pour l'état civil, pour les gens de la cité, elle s'appelait Sofia Ben Bouzrara mais, trois ans après sa disparition de la scène du monde de la galanterie, pour des flopées d'hommes en équilibre sur une jambe en différents points du globe, des types en caleçon de toutes les tailles, de toutes les couleurs, de toutes les nationalités, sur le point d'enfiler leur pantalon, elle restait Maîtresse Kristal – une odalisque vivante dont le corps blanc conservait sa beauté de neige éternelle.

Maîtresse Kristal avait connu sa splendeur à Oran, puis à Alger. Dans son boxon de luxe, elle avait été adulée par des colons, par des diplomates, par des aventuriers de passage.

Sa route avait croisé celle de Soustelle et Delouvrier. Elle avait vécu l'époque trouble de la bataille des insurgés, l'OAS de Salan, de Challe et de Jouhaud. Boulevard Laferrière, elle avait assisté à la charge des gendarmes du colonel Debrosse. Elle se souvenait des harangues de Pierre Lagaillarde, des barricades du lieutenant Mamy, de la fuite de Jo Ortiz et des derniers spasmes de l'Algérie française.

Elle avait chevauché des généraux rebelles, des colonels de paras, elle avait califourché des spécialistes de la gégène. Elle avait fouetté des bourreaux.

Par ondes, par touches infimes, elle avait contraint la clientèle des habitués à subir ses règles. Une loi qui les obligeait à abdiquer tout pouvoir à la porte de chez elle, à lui consentir le commandement de leurs sens. La loi d'un nouvel abandon à laquelle même les plus gradés étaient obligés de souscrire comme une redevance, avant d'avoir quitus et de pouvoir accéder au guichet de son sexe. Ces gens-là payaient cher ses services.

Ils aimaient les supplices.

*

En 62, elle était rentrée en France, à la fois terre d'asile et d'éloignement. Elle regrettait le ciel bleu, ses relations et la vie facile.

Elle avait échoué dans un hôtel borgne de Marseille. Elle était tombée entre les mains d'un adjudant-chef de la Légion. Un sapeur natif d'Ossétie qui lui avait appris l'écriture cyrillique et avait bouffé toutes ses éconocroques. Après, elle avait dérivé jusqu'au

Lot-et-Garonne. Elle ne savait même plus comment elle avait échoué aux portes de Marmande.

Un homme. Encore une brève histoire d'homme.

*

Depuis, elle avait du mal à reprendre pied dans la société ordinaire. Elle cachait ses derniers feux sous des drapés vaporeux et entretenait ses rêves ultimes en évoquant pour elle-même la liste des amants célèbres qu'elle avait autrefois capturés dans la chaleur de ses draps.

À jamais dans sa mémoire, les temps heureux se situaient en Algérie. C'était à Oran, c'était à Mostaganem, à Constantine. C'était la Casbah, la rue d'Isly. C'était l'époque où dans *L'Écho d'Alger* elle avait lu avec horreur le compte rendu de la mort d'Albert Camus dans un accident de la route.

Maîtresse Kristal parlait de cette époque engloutie par l'Histoire avec un étrange sourire.

Dans le décor de son bobinard, elle avait eu jusqu'à huit filles sous sa coupe. Elle distribuait des roustes de martinet à des hommes d'une trempe exceptionnelle. Elle donnait la lanière à des héros de Diên Biên Phu. À des croix de guerre avec palme. À un petit capitaine du génie, elle distribuait la corvée de chiottes. À un général de brigade, elle infligeait le lavage de ses lolottes. Ses amants, toujours, revenaient boire à l'estuaire de son fleuve mystérieux. La plupart du temps, elle avait oublié leur nom.

« Ainsi vont les souvenirs, soupirait-elle. Ils se ternissent, se dissolvent dans la brume. »

*

Au fond du camp de harkis, le souffle tiède de l'été s'alanguissait. Des pestilences de goudron, de gasoil et d'hydrocarbures stagnaient derrière les baraquements. Des feux de détritus couvaient des relents de chambre à air. Le long des grillages surmontés de pointes, des gamins aux épaules nues jouaient à la guerre.

Chez nous, la vie suivait sa pente inexorable. Kader avait trouvé du travail. Quand il rentrait de sa journée harassante dans les champs, il battait sa femme. Aïcha menaçait de partir. Je la suppliais de n'en rien faire. Je lui laissais miroiter que très bientôt je pourrais rembourser sa dette envers Youssouf. Ma mère me demandait de ne pas me mêler des affaires des adultes. Mon père ne parlait plus à personne. Moi, je vivais de plus en plus d'expédients.

*

Un jour, j'arrive chez Bouzrara avec des billets de loterie. Deux, trois carnets que j'ai piqués au mess des sous-officiers. Une tombola organisée au profit des veuves des appelés d'Algérie. J'espère qu'elle me prendra le tout et que j'empocherai la recette, moyen comme un autre d'éponger mes faux frais du moment.

« Pour les femmes des morts du contingent », lui dis-je en présentant ma camelote.

Elle reste d'un calme glacial et m'oppose un refus catégorique.

« Je ne donne pas quand je ne me sens pas concernée, dit-elle.

— Mais… »

Je l'interromps visiblement dans ses tâches ménagères. Elle est prête à monter sur ses grands chevaux.

« Tu oublies que tu as en face de toi une personne qui est elle-même la rescapée – je devrais dire la miraculée – d'un grand anéantissement sociétal. Les pieds-noirs ont souffert davantage que quiconque du naufrage de l'Algérie.

— Fais un geste, Bouzrara ! Prends-moi un carnet ! »

Elle retourne à son rangement. Elle m'ignore. Sans se retourner, elle flûte :

« Qu'est-ce que c'est exactement, cette loterie ?

— Grâce au numéro gagnant, tu peux empocher un jambon, une mobylette, dix places de cinéma et même un tapis à prières avec sa boussole. »

Elle se marre.

« Chéri-mon-lapin ! Je mange kasher, je ne sais pas monter à bicyclette, et, à part Jean Gabin dans *Pépé le Moko*, les artistes de cinéma m'indiffèrent… C'est dire que je ne suis pas près de prier tournée vers La Mecque !

— Le tapis, tu pourrais toujours le revendre dans le quartier… »

Elle prend un siècle pour rêver.

Je la harcèle :

« T'es du quartier ou t'es pas du quartier ? »

Elle finit par dire qu'elle est d'ailleurs. Sûrement pas du Lot-et-Garonne, ce putain de patelin, et que gagner à la loterie ne lui servirait à rien.

« Mais qui tu es, alors ? »

Ça m'a échappé. Le cri du cœur. Elle m'a mis les nerfs à vif.

Elle hausse les épaules. Elle s'interroge :

« Sait-on jamais qui nous sommes ?.... Sait-on seulement jusqu'où nous pouvons aller avec nous-mêmes ?

— Tu noies le poisson.

— Je ne crois pas. Plus j'essaie de regarder par le petit trou noir de l'âme humaine, moins je comprends ce qui bouge autour de moi. »

Ainsi parlait-elle.

Ainsi Maîtresse Kristal s'avançait-elle dans la vie. Ainsi, au fil des jours, envoyait-elle mes questions se faire pendre ailleurs.

*

Si je la poussais dans ses derniers retranchements, un rideau d'escarbilles envahissait sa cervelle. Le brouillard de son existence mouvementée l'étouffait. Elle répondait à côté de la plaque. Elle disait :

« La vie, mon petit gars, c'est pas des vacances. »

Elle soupirait. Elle m'attirait dans ses bras. Nous retrouvions la méridienne. Ses jambes nouées derrière les miennes mettaient un cabriolet à mon égarement.

Je me sentais affamé de connaissances nouvelles à son sujet. J'étais persuadé que son passé dépassait les bornes ordinaires. Je la pressais de me raconter ses jours sombres.

« Le malheur ne se raconte pas », elle persistait.

Elle prenait le chemin du silence. Elle fermait les paupières. Pour les reposer dans ses souvenirs.

*

« Mes parents étaient réfugiés à Lyon », elle a fini par murmurer un jour.

Elle était étendue sur la méridienne. Elle sortait à peine d'une sorte de langueur migraineuse. Elle m'a souri.

« Ils portaient l'étoile jaune. Le jour gris où ils ont été arrêtés par la Gestapo, j'ai échappé à la rafle.

— Où étais-tu ?

— En sûreté. Cachée dans un grenier. Au fond d'une malle, avec des trous.

— Tu respirais ?

— On respire mal, sans ses parents. J'ai voulu subir le même sort qu'eux. J'aurais voulu mourir à leur place.

— On n'arrête pas sa vie comme on siffle son chien, Bouzrara !

— Enfant joli, c'est vrai. Chacun meurt à son tour. Chacun meurt à son compte. Mais qui veut mettre sa vie à l'épreuve n'hésite pas à sauter dans le vide.

— Qu'as-tu fait ?...

— Je me suis jetée dans la gueule du loup... Je me suis précipitée à la Kommandantur pour arracher ma famille aux Allemands. »

Elle bouge ses fesses jusqu'à une penderie. Elle fait passer une blouse par-dessus le désordre de sa chevelure. Elle enfile sa lolotte.

« Je n'aime pas beaucoup parler de ce que je serais incapable de revivre. Je ne suis même plus sûre que ce cauchemar me soit arrivé...

— Cauchemar ?....

— Ces deux jours entiers où un général à brandebourgs, croix de fer et *svastika*, a dansé sur mon ventre. J'avais dix-sept ans... »

Elle s'interrompt. Elle me dévisage avec un doux sourire.

Presque une excuse, elle dit :

« Tu comprends, c'est un âge où on n'a pas envie qu'on vous arrache les ongles. »

Elle chasse un chat dans sa gorge.

Elle demande :

« Mangerons-nous un morceau ? »

Elle noue un tablier autour de sa taille. Elle trousse une omelette.

Parfois, nous débouchons un quart de champagne.

Hier, je lui ai apporté une rose.

*

Avec ses promesses de pluie, le ciel s'est épaissi. Les nuages d'octobre ont bouffé les collines. Les arbres peu à peu se déshabillent de leurs feuilles et Manuel, l'Espagnol, a su convaincre ma mère de venir vivre avec lui dans sa ferme, sur les coteaux. Ils ont fui, les amoureux.

Pour me soustraire à la folie furieuse de Kader, je demande asile à Mme Bouzrara.

Elle accepte sans barguigner.

« Entre, dit-elle. Installe-toi. Nous prendrons soin l'un de l'autre. »

*

Elle range mon linge dans son armoire. Elle décide de me coller pensionnaire au collège Saint-Joseph de Marmande.

« Tu verras. Le pensionnat, on s'y fait vite. Et puis, tu te feras des copains. La seule chose ennuyeuse, c'est que, bien sûr, tu n'auras plus exactement la même liberté qu'autrefois.

— La liberté ? J'en veux plus ! Elle me fait peur ! Je préfère quand tu t'occupes de moi. »

Un sourire crispé étire ses lèvres lorsqu'elle me caresse le visage.

« Toi, dit-elle en me sondant, tu as les yeux rouges de quelqu'un qui a pleuré… »

Plus encore qu'elle ne croit ! Nous sommes ce fameux vendredi, je peux m'en vanter, qui a été la pire journée de ma vie d'adolescent.

Attentive à lire mes pensées, Mme Bouzrara me fait signe de la suivre. La tête hurlante de gamberges harassantes, je lui emboîte le pas dans le couloir en faïence blanche. Épicentre de toutes les circonstances foireuses de l'existence, Kader, mon père, occupe toute ma cervelle.

Nous frôlons une drôle de lumière verte. Un

néon crépite. Mon hôtesse passe derrière le bar.

Elle se prépare un verre.

Moi, direct, je monte à pic vers les nuages. Je lui débite tout ce que j'ai enduré :

« Je sors du commissariat, Bouzrara. Toute la journée, les keufs m'ont passé au peigne fin. »

Elle lève les yeux.

« Tu leur as parlé de moi ?

— Je leur ai juste dit qu'on se fréquentait. »

Elle se rembrunit.

« Ils vont pas me chercher des histoires, au moins ? Qu'est-ce qu'ils ont dit ?

— Y s'sont marrés. Y z'ont dit : “Chapeau, môme ! T'as choisi l'école de la vie.” »

Elle avale sa salive, je ne lui laisse pas le temps de dégoiser :

« Attends, Bouzrara ! Tu peux pas revenir en arrière... tu peux pas me renvoyer... Parce que c'est pas fini... j't'ai pas déballé le gros du paquet... Hier, mon père a buté, essayé de buter Youssouf. Il l'a raté de peu. Il est en taule à Agen. C'est pour ça que les keufs m'ont convoqué au gnouf. Je suis enfant seul avec mère indigne et père assassin. J'espère qu'ils vont pas me placer. »

Nos yeux se séparent.

Maîtresse Kristal ajoute des glaçons à son breuvage. *Lait de chamelle*, le remède colonial : un bon peu de pernod, un tantinet de lait, un ploc de grenadine. Agitez.

Elle élève son verre embué et le pose contre sa joue.

« J'ai tout lu dans le journal, dit-elle. C'est la raison pour laquelle je t'ouvre ma porte. »

Dans un claquement du talon de ses mules, elle s'éloigne. Elle vide son verre. Elle l'abandonne sur un guéridon. Elle farfouille dans ses affaires.

Elle décrète :

« Tu iras chez les Frères, ça sera plus convenable. Tu feras du latin. Paraît que c'est formateur.

— Du latin ? Mais je suis arabe !

— Dis-toi plutôt que t'es français. Comme ça, tu feras ingénieur. »

*

Elle paye pour mes études.

« Je me plais pas chez les curés, j'essaye souvent de lui dire. Je ne suis pas fait pour eux.

Eux non plus comprennent pas pourquoi je suis dans leurs pattes. »

Étoile de marbre, Bouzrara se pose sur sa balance Terraillon pour voir si elle a perdu trois cents grammes.

Elle paraît satisfaite du résultat. Elle se retourne vers moi. De sa voix nette, elle dit :

« Excuse-moi, lapin gris, je ne peux rien changer. C'est rapport aux commérages. J'ai pas envie d'être accusée de racolage, fornication et détournement de mineur.

— Mais la baise, Bouzrara ? je lui demande. Tu vas faire une croix dessus ?

— Tu viens tous les huit jours. On trouvera toujours une entente sur le sujet. »

Elle a réponse à tout.

*

Escalier C, bâtiment B, 8e étage, fond du couloir, toutes les fins de semaine j'atterris Cité Nelson-Mandela.

Bouzrara m'accueille avec un bon sourire. Dès l'entrée, elle se renseigne :

« Ça va, lapin ?

— Ça va pas.

— Mais quand même… tes études, lapin, ça boume ?

— J' t'ai dit non, Bouzrara.

— T'as une 'tite mine, c'est vrai…

— Cicéron qui passe pas.

— Tu manges assez, au moins ?

— Me prends pas pour une moule, Bouzrara ! C'est les curés que je peux pas piffer.

— Qu'est-ce que tu leur reproches ?

— D'avoir une grosse bombe cachée dans leur slip et de toucher aux garçons comme à des filles ! »

D'un coup, je deviens violent comme mon père. Je crie :

« La Charité, je l'encule ! Notre Père, je l'encule ! »

Maîtresse Kristal prend ça en riant. Elle en a entendu bien d'autres. Et de plus salées.

Elle se moque pas mal de mes réponses. Elle est en survêtement. Elle piaffe. Paraît qu'elle a entrepris de rajeunir. Elle s'est collée à la course à pied. Elle bouffe des vitamines, elle ingurgite des tas de gélules de couleur.

Elle claironne :

« Soi-disant que les pilules orientales raffermissent les seins, mais on n'a encore rien trouvé de meilleur que la course à pied pour trier les idées noires. »

Recta, on se retrouve à cavaler en forêt.

Je rentre épuisé par la violence de nos exercices sportifs. Il faut dire que ces temps-ci, avec mes oreilles basses, mon teint blafard et mes airs de rescapé de la guerre des Gaules, j'inspire pas mal pitié.

Sauf à Maîtresse Kristal. Elle s'occupe d'elle. De sa forme.

Elle confie son poids à sa balance.

*

De temps à autre, pour cause de bonnes notes, j'ai droit à un bon déjeuner. Nous buvons du vin. Et, après le dessert, elle sort ses anciens carnets de rendez-vous d'un réticule.

Avec une bizarre concentration dans le regard, elle examine la liste de ses anciennes fréquentations.

Elle se tourne vers moi, Ali. Elle admet :

« J'ai abusé des bonnes choses. Sûr, j'ai abusé de tout. »

Elle reste dans son monde. Elle a la jungle dans les yeux.

Elle exhale :

« Je me suis mise au pageot pour piquer le fric de tas de connards qui venaient près de moi pour chercher de la chaleur humaine. »

Elle couve des larmes sous ses paupières. Elle ajoute :

« Tu vois le résultat ! L'exubérance de la vie laisse seulement des plis amers au coin de la bouche. »

Son buste s'alourdit. Elle pousse un gros soupir enfantin.

Elle me caresse les cheveux. Elle procède par gestes inattendus. Elle a des mains à mille doigts.

*

Ces derniers temps, elle m'a habillé de neuf des pieds à la tête. En m'équipant de vestes trop larges pour ma carrure, elle cherche à me donner les épaules et le courage d'un homme. En choisissant mes cravates, elle me fait le coup de la tigresse déguisée en Princesse peluche.

« Il n'y a qu'avec toi que je me sente maternelle, dit-elle.

— Encore une fable ! je proteste. Encore une fable ! Vous voulez m'amadouer !

— Tu me vouvoies, maintenant ?

— Parce que je sens que vous vous éloignez de moi.

— C'est pour mieux t'aimer, mon enfant. »

Elle me caresse la joue. En réalité, elle est d'une exigence tyrannique. Elle s'est mise en tête de me faire faire mes devoirs. Quand elle les corrige, elle retrouve ses yeux de fer.

« Il faudra faire des études supérieures, elle décide d'un air grave. L'instruction est ta seule planche de salut. »

*

Un après-midi que je me rends chez elle, j'ai mis mon plus beau costume.

Dans l'éclat d'une vitrine, je dessine ma raie d'un peigne soigneux. Je me coiffe avec un cran.

J'y gagne en assurance, mais j'ai du mal à chasser un malaise sournois qui chemine à l'intérieur de moi.

En arrivant au pied des tours, une appréhension indéfinissable me paralyse. Une sourde angoisse m'étreint au sortir de l'ascenseur.

Je prends pied au 8e étage. Une porte claque

au bout du couloir. Un homme sort de l'appartement de Mme Bouzrara.

Désireux à tout prix de ne pas faire de bruit, je retiens mon souffle. Je me rencogne dans un renfoncement.

L'intrus passe devant moi. C'est un militaire ! C'est Youssouf en grand uniforme de sortie. Il s'éloigne en coup de vent, toutes médailles pendantes.

Quelle émotion ! Quelle étrange sensation de voir en raccourci le temps faire son usure sur une vie de couple ! J'ai la certitude obscure de la trahison de Mme Bouzrara.

Sans plus attendre, je cours au fond du couloir. Sonnez et entrez : j'entre sans frapper. Je traverse le living. Je prends la porte dérobée. Je file dans le corridor.

Une porte encore. Une glissade. Je fais irruption sur le seuil du paradis des supplices.

*

Maîtresse Kristal m'apparaît magiquement dans un éclat de glace. Les seins lourds, elle fait passer sa blouse par-dessus le désordre de sa chevelure. Droite sous son casque de cheveux noirs, la guerrière m'attend.

« Ali, comme tu es pâle ! Pas de mauvaises nouvelles, j'espère ? »

Un chignon hardiment piqué sur le sommet de la tête, elle se tient au milieu de la pièce rouge. Elle est juchée sur des escarpins assortis au papier peint. Sa bouche est sanglante. Elle porte son masque de cristal. Elle déballe toute sa niche. Ses hanches, son ventre, son opulence. Porte-jarretelles et tout le saint-frusquin.

« Tu es essoufflé, remarque-t-elle.

— Laisse-moi respirer, vieille catin ! »

Je suffoque devant elle. Elle a l'air à peine surprise de me voir dans l'état d'exaltation où je me trouve.

Je m'avance dans sa direction. Un animal furieux vit en moi. Elle recule à peine. Elle pourrait au moins ébaucher un geste de crainte. S'étonner de mon trouble. Je me sens si jeune, si faible. Tellement dérangé. Au lieu de cela, je déchiffre dans l'éclat de ses prunelles une sorte de défi.

*

Comme d'habitude, elle prend possession de ma bouche avec emportement. Elle dit qu'elle veut me garder.

Elle désigne la méridienne comme une invite obligatoire. Elle recule d'un pas et y prend place la première.

Guidé par la fatalité d'une logique que je ne contrôle plus, attiré par la trouble folie de ses grands yeux humides, je m'assieds sans tarder sur ses genoux.

Nullement rétive, elle m'y installe encore plus confortablement en écartant le compas de ses cuisses, et me fait sombrer dans le sillon de ses mamelles.

« Ali, mon enfant, mon petit, chuchote-t-elle, que je te dise : si tu pouvais sauter une semaine, ça m'arrangerait. »

Je fronce le sourcil. Qu'elle sache un peu. Je n'allais pas me laisser faire.

« Vous avez repris le turbin ?

— Pour toi, pas de secret. Je reçois une visite à domicile. Un de mes vieux clients du temps de la rue d'Isly.

— Youssouf ? »

Un sentiment de paix se peint sur le visage de Maîtresse Kristal.

« Je vais arranger les histoires de ta mère, dit-elle. Donne-moi seulement huit jours pour rembourser ses dettes. »

Je suis incapable de formuler le moindre son.

Maîtresse Kristal m'oppose son visage masqué, évidé de toute expression.

« Que décides-tu, Ali ? me demande-t-elle.

— On n'achète pas la vie avec des gestes sales, Bouzrara. C'est ça que je pense. »

Nous restons ensemble une longue minute à nous expliquer avec les yeux que nous sommes dans un monde où les adultes seront jugés par les enfants.

La lèvre inférieure de Mme Bouzrara se met à trembler un peu. L'émotion la gagne. Ses épaules se relâchent. Elle couve des larmes plein les yeux.

« Tu es la dernière personne à laquelle je voudrais faire de la peine, lapin gris, murmure-t-elle. Laisse-moi recoudre ton destin !

— On ne négocie pas l'amour, Bouzrara. »

Elle pousse un cri bref.

Avant que j'aie pu faire couac, sa bouche défait la chicane de mes dents, sa main ferme de Maîtresse maintient mon occiput en arrière, je dévale vers la vie à l'envers. Elle mêle sa salive à la mienne. Nos visages se confondent. Nous échangeons un long, un douloureux baiser.

Nous dénouons notre étreinte, à bout de souffle.

Maîtresse Kristal laisse filtrer une attente mortelle par la fente de ses yeux tramés par le masque de verroterie. Elle respire à fond, un peu comme si elle venait d'enfiler les habits d'un nouveau personnage. Quelqu'un qui serait calme et qui aurait des forces neuves.

Elle dit :

« Tu verras, lapin ! Je t'apprendrai le bruit de l'argent. C'est bien ce que tu souhaitais, n'est-ce pas ?

— Quand j'étais un voleur. Plus maintenant que je suis ton amant dans sa quatorzième année. »

Ses yeux virent au noir.

Elle se penche sur moi. Elle pose ses mains sur mes épaules. Elle sent la tension qui habite tous mes muscles.

Sa chair transparente se colle à la mienne. Nous échangeons un battement de paupières, puis elle fond sur moi.

« Pas de sotte vanité, Ali ! La vie est à vivre comme elle vient ! »

Son masque jette un éclat bleuté. Ses prunelles tournent au velours de cruauté. Son lourd chignon dérive sur ses épaules. Je suis submergé par sa chaleur tiède.

Sa voix haletante chuchote à mon oreille :

« Viens, garçon. Oublions cette vie à la gomme. Je t'emmène. »

Elle plaque sa bouche sur la mienne. La nuque puissante, elle me guide. Elle me décoiffe. Elle me chevauche. Elle trace ma route. Je suis un amant-poupée. Je découvre l'obéissance. Je rentre dans une chambre d'enfant. J'ai l'impression d'être dans la bonne direction. Tout est si facile. Si logique.

Maîtresse Kristal ouvre l'estuaire de son sexe. J'y pénètre avec une force sauvage. Je navigue sur une tempête de fleurs. Je pousse des cris d'amour en regardant blêmir l'aurore.

Tête renversée, je croise le regard enamouré de Général-des-Aurès.

Saloperie de clebs empaillé, il gode pour l'éternité.

AUTRES BRIS DE GUERRE...

Goodbye, Vietnam !

Vous voulez vous installer ici, monsieur ? C'est une bien curieuse idée ! Nous n'avons rien ou pas grand-chose pour vous séduire. Mais vous avez raison de vous adresser à moi. Un maire est en général bien placé pour parler de ses ouailles. En outre, c'est toujours un bienfait pour la population d'accueillir un médecin, à condition qu'il soit prévenu du vrai caractère des gens du coin.

Je vous dirai donc, en préalable à tout jugement de votre part, que chez nous, à Movie Spring, et cela vaut pour toutes les paroisses autour du lac Pend-Oreille, il s'est toujours colporté des ragots. Ça n'est pas la première fois que le bruit des cancans tournoie un moment dans notre bourg et qu'il réveille des détestations muettes et réciproques entre ceux qui, malgré l'éloignement et la privation de tout ce qui paraît civilisé, ont choisi de vivre ici, dans nos montagnes.

Ainsi, il y a quelques années, il s'est dit que le vieux Spuds espionnait ses voisins et que dans le cercle de ses jumelles, il guettait le moment où sa ravissante voisine, Mrs Bailey, laisserait tomber à ses pieds sa fameuse robe fourreau, copiée sur celle de Jane Russel. Pendant au moins deux autres saisons, la rumeur a donné à penser que Phil Bradley roulait des yeux de phoque sur le passage de la grosse Tess, et que, dans les dîners en ville, la main du notaire Angus Friedman rejoignait sous la table la cuisse de la femme du juge Barrimore.

Nous avons connu également l'époque inégalée où les esprits les plus ficelle fabriquaient des bobards à la cadence de bulles de savon. Les plus inventifs de nos concitoyens eux-mêmes étaient dépassés. Ce qu'ils tenaient pour sûr le matin ne l'était déjà plus le soir. Le record absolu du potin exprès étant d'ailleurs enlevé haut la main, cette année-là, par ceux de la paroisse de Priest River dont les gloses et supputations mirobolantes avaient, le temps d'un dîner de chasse, mis en cause la fortune colossale amassée par les sœurs Waterbloom.

Le temps d'étouffer quelques bouteilles de vin de Californie et de s'étrangler dans le jus d'un rôti de biche cuisiné par la gouvernante du pasteur, les plus enragés des clabaudeurs avaient habillé les deux honorables vieilles filles d'une mine d'or dans le Klondike, de lingots planqués au fond des armoires à linge et de placements astronomiques dans une banque d'Helena.

Seulement, voyez comme les choses se mettent, monsieur, la bonne chère aidant, les dénigrements étaient graduellement retournés à leur degré de vérité acceptable. Si bien qu'au dessert, quand le pasteur a tapé sur son verre avec le dos de sa cuillère et qu'il est allé au bout de ce qu'il avait à dire, les pauvres demoiselles Waterbloom ne possédaient plus qu'une bague de famille, une maigre rente versée par la Poste et leur réputation de punaises de bénitier.

*

Plus récemment, il s'est dit des choses plus graves.

Il s'est dit que depuis que ses seins remplissent une main d'homme, la gamine à Lester

Greenwood remplace sa mère partout, même dans le lit de son père. Soi-disant que depuis qu'elle est femme, la petite manque souvent l'école.

Il s'est dit ci. Il s'est dit ça, monsieur, mais vous apprendrez à nous connaître. D'ailleurs, il s'en dira bien d'autres dans le futur. Heureusement pour l'ordre public, toujours l'hiver revient. Novembre met bon ordre à la bêtise humaine.

*

Chez nous, la neige gouverne. Elle sépare les vallées. Elle isole les familles, les habitations. Elle recouvre la campagne de son manteau d'oubli. Elle impose le silence et rabote les haines et les ragots.

Peu à peu, Movie Spring s'endort. Les clabaudages de mare aux canards meurent d'eux-mêmes, et bien peu se réveillent au printemps suivant – à peine quelques baves qui s'atténuent au point de devenir des secrets de polichinelle parmi toutes les petites choses que le Seigneur ne nous épargne pas.

Il n'empêche que les langues sont allées bon train, tout l'été 73, à propos de ceux de la ferme de Snowshoe Peak. Elles n'ont pas ménagé Lester Greenwood et les siens – Lester Greenwood, notre concitoyen le plus méritant, notre héros de la guerre du Vietnam, torturé, battu, détenu depuis 1967 par le Vietcong.

*

Auréolé de gloire, assuré de notre admiration, Lester Greenwood était revenu au pays un beau matin.

Avec son physique de loup, ses joues émaciées, ses yeux gris où se reflétait toute la tristesse du monde, vous ne l'auriez pas reconnu, monsieur. Et ses mâchoires incroyablement serrées continuaient d'exprimer sa volonté farouche de résister au pire de la souffrance.

Quatre longues années s'étaient écoulées après la fin du grand cirque à napalm, là-bas, dans les rizières, lorsqu'il avait de nouveau franchi le seuil de sa ferme.

La grande harpe qui lui servait de femme au moment de son départ l'attendait sur le pas de la porte.

Tout de go, avec l'air sinoque, elle l'a averti :

« Je te préviens, mon mari, après ce qui

m'est arrivé, je ne veux plus rendre service à aucun être humain. »

À première vue, Lester avait mal compris ses paroles. Souvent, c'est l'abus de mariages entre cousins et la solitude qui dévissent les esprits. La vie prend alors des tournures folles dans nos coins perdus et Lester ne s'attendait pas à retrouver du mou en rentrant chez lui. Mais la situation était pire que prévue.

La femme à Lester lui a dit que pour elle, le cul, c'était fini. Elle avait décidé que les hommes ne viendraient plus danser sur la friche de son ventre.

Elle a soulevé son tablier, sa jupe. Elle a exposé sa fente. Elle l'a informé que, dans ces parages-là, elle était sèche. Qu'elle était vide.

Elle a tourné des sabots. Elle est rentrée la première dans la maison.

Quand Lester a mis le pied sur le dallage de la salle, elle était assise dans la grande cheminée. Elle était comme une cendre éteinte.

« Quéque fois, vaudrait mieux se casser le bras que de rentrer chez soi, il a dit, l'ex boy of America, en la voyant si moche. Ma pauv' Jessie, t'es juste bonne pour les travaux de la ferme ! »

*

Ils ont recommencé à vivre. Si ça peut s'appeler comme ça. Juste, ils respiraient sous le même toit. Ils se partageaient les tâches. Ils ne se parlaient plus.

Lester n'éprouvait aucun désir pour son épouse. La lui aurait-on offerte en petite chemise de soie ou présentée nue sur un plateau, il en aurait pas voulu. Il s'abrutissait au boulot.

À Movie Spring, les langues se dénouaient. Il se disait qu'aux heures les plus longues, les plus cruelles pour Lester, elle avait trahi son homme. Paraît qu'elle était partie dans le Sud d'où elle était originaire. Elle avait laissé sa fille à la garde des sœurs. Elle était partie faire barmaid à Jasper, Alabama. Elle envoyait une partie de sa paye pour régler la pension de la gosse.

Elle avait couché avec des gens de couleur. Plusieurs à la fois. Même que les gens du Klan l'avaient tondue et promenée là-bas dans les rues de la paroisse. Ils lui avaient brûlé les fesses avec du goudron.

Elle était rentrée au Montana. Elle avait récupéré sa fille. Cette histoire de nègres que les gens d'ici lui reprochaient, elle l'évacuait d'un geste coléreux. Elle disait allez vous faire voir, je couche avec qui je veux ! Comme excuse, elle disait que c'était tout de même pas un crime pour une femme d'aller au lit avec un chrétien quand on vous a juré que votre mari était porté disparu au Vietnam.

Elle avait repris le chemin de la ferme. Elle avait labouré la terre ingrate. Elle avait semé. Elle avait travaillé dur. Elle s'était cassé les reins à rentrer le foin pour les bêtes. Elle avait bûcheronné pour se chauffer. Elle avait survécu à de longs hivers rigoureux.

Ça, elle était devenue moche ! Un ravelin de femme. Une grosse bouille molle, les mains rougies par la lessive et deux grosses poitrines parties sur les côtés.

Tandis que la Petite…

*

Imaginez, monsieur…

C'est arrivé à la fin d'un jour ordinaire.

Les vaches sont rentrées. Dans la cour de la ferme, les chiens sont lâchés. Pour le moindre bruit, ils aboient dans la nuit.

En l'absence du laideron qui est partie visiter un membre de sa famille à Trout Creek, la gosse a préparé le dîner. Une soupe de haricots. Fumante.

Le père rentre tard. Son tracteur est en panne. Il a bu. Il s'affale sur le banc. Il regarde les hanches de la Petite qui s'affaire devant la cuisinière. Ses yeux dégringolent sur ses jambes nues. L'alcool fait son chemin. Une gigantesque et enveloppante fleur pourpre fait le tour de sa cervelle.

Il adopte le sourire indulgent des ivrognes. Il attend qu'elle le serve. Il patiente en mâchouillant du pain. Ses bras reposent devant lui. Ses mains sont fortes. Ses pouces sont puissants. Ses cheveux ont macéré toute la journée sous la casquette. Indisciplinés comme une touffe d'herbe, ils sèchent sous la lampe.

Les yeux baissés, la fille avec un air de femme le sert. Elle longe la table. Sa robe s'entrebâille. Ses petits seins d'une gaîté folle s'avancent vers lui.

Elle emplit l'assiette de son père. Une louche de soupe, une autre. Il lape. Après sa deuxième assiettée, il boit un verre entier de rye. Puis un autre et encore un autre. Ils échangent un regard un peu long.

Ce soir, l'ivresse tient l'ancien marine par les couilles.

Il s'essuie la bouche avec le dos de la main. Il referme son poing noueux sur l'avant-bras de la gosse. Il la conduit jusqu'à la chambre.

*

Les fenêtres sont aveugles. La pièce sent le renfermé. Il n'ouvre pas la lumière. La gamine fait mine de bouger. Il lui tord une aile derrière le dos et la retourne contre lui avec autant d'effort que si elle était une feuille de papier. Elle perçoit des yeux gris d'une exigence implacable.

« Tu me fais mal ! »

Il l'attire contre son estomac. Il explore sa jeune poitrine avec ses paumes calleuses. Des folies lui sortent de la bouche. Il plaque ses lèvres sur celle de la petiote. Avec sa langue endolorie par le tabac, il chasse la langue rose de sa victime. Les yeux sauvages, le corps pesant, il la renverse sur le lit. Il lui ouvre les cuisses. Il souffle le feu. Elle est noyée dans la couette. Elle fuit vers le sombre. D'une patte, il la rattrape. Il la tient par les hanches. Il l'embrasse à nouveau. Elle a un goût de feuille de menthe. À part le bruit grinçant de la literie, la pièce est désespérément calme.

Il a allumé la lumière. Il a posé une lampe au sol. Sur l'abat-jour, il a étendu un foulard translucide. Il impose son style d'homme. Il en prend à son aise. Quand c'est fait, il grogne.

Le teint violace, il desserre son étreinte et roule sur le côté. Il redresse sa grande carcasse. Il referme sa braguette sur sa bête à poils.

La Petite reste un moment sur place. Elle est recroquevillée dans la position fœtale. Elle se redresse à son tour. Elle élève ses mains sur son torse pour masquer ses seins menus et fermes. Elle remet de l'ordonnance dans sa tenue. Elle balaye ses cheveux de ses doigts écartés comme les dents d'un peigne.

Son visage reflète un calme soudain. Une ombre bistre barre ses paupières. Elle a des larmes plein les yeux, mais elle ne dit rien. Ses yeux noirs brillent comme des grains de muscat. Elle ne se plaint pas. Elle fixe la nuque de son père.

Il est le nez contre la tapisserie. Il a coiffé son feutre. Il tend l'oreille. Intrigué par le silence subit des chiens lâchés dans la cour, il titube un peu sur place.

Une portière de voiture claque dehors. Un bruit de pas s'approche puis une voix de femme, celle de la mère, s'élève dans le couloir :

Elle crie :

« Lester ! Lester ! Où est la gosse ? »

Sans doute, elle pressent quelque chose d'inhabituel. Elle pousse sur la porte. Elle l'ouvre en grand.

De voir ce qu'elle découvre, les draps froissés, les jambes de sa fille à la blancheur parfaite, ses yeux font tempête. Elle fixe la lampe posée au sol, qui brille toujours sur le carrelage. L'abat-jour recouvert d'un tulle translucide.

« Sacré salaud ! Tu as baisé ta propre fille ! Tu vas sûrement être embarrassé pour me prouver le contraire. Tu pourras jamais aller plus loin dans l'ignoble ! »

Ses pas s'éloignent en courant. Le bruit de ses talons tournoie dans un escalier qui va jusqu'au grenier. C'est là désormais que la mère couche.

Avec une concentration qui finit de mettre l'agresseur knock-out, la Petite dit :

« De toute façon, tu m'auras jamais entièrement. Je te prends pour un cauchemar. »

Son visage est en pierre lorsqu'elle sort de la chambre.

*

Les jours passent.

Le père use de sa fille comme d'une femme. Elle semble avoir fini par admettre l'idée que les adultes peuvent se tromper de corps et abuser de celui d'êtres aussi jeunes qu'elle. Elle ne résiste pas aux tentatives d'effraction de la brute. Elle ne fait plus l'effort d'aller en classe.

Le soir, quand tout est fini, le travail de la ferme et le reste, elle éteint la lumière au-dessus de l'évier. Elle sèche ses doigts à l'essuie-mains. Elle bâille de fatigue. Elle lève des yeux inquiets vers la porte. Elle reste un long moment immobile. Au moindre bruit, elle tressaille.

Peu à peu, son visage trouve la consistance d'un masque sans expression. Elle est juste une enveloppe abandonnée. Au creux d'un fauteuil, elle s'assoupit d'un coup et c'est comme si la mort lui ouvrait les cuisses.

*

Parfois, son regard croise le sourire apaisant de sa mère. Elle hausse les épaules comme pour dire que le répit non plus, elle n'en veut pas. Elle mouille le bout de son index avec sa langue et frotte le duvet de son bras comme si elle cherchait à effacer quelque chose d'indélébile.

« La brosse à crins n'y suffirait pas ! siffle-t-elle. Je ferais mieux d'essayer l'amputation ! »

Une ombre de tristesse envahit le visage de la mère.

Elle s'approche de la petite.

« Enlève tes mains ! supplie la gosse. Laisse-moi ! »

Elle tourne brusquement les talons et court se réfugier dans la grange.

Une porte claque dans la nuit. Quelqu'un s'amène. Pas besoin de dire qui.

Elle est étendue dans la paille et le père réclame son supplément. L'obscurité lui enlève tout scrupule. Poussant toujours plus fort son corps puissant, il lui fait fleur de rose.

Rivée au sol, la fille a l'impression de se trouver au fond d'un désert dont les murs invisibles étoufferaient les bruits du monde.

Elle déteste tous les hommes pour ce que son père lui fait endurer.

*

Quand il est mort, personne n'a réfléchi à un crime, bien sûr. Personne ne souhaite la mort de personne, même si nous autres, à Movie Spring, on a bien compris qu'il fallait compter sur l'amère imperfection des êtres.

Un jour, à la fonte des glaces, au fond d'une ravine mangée par les broussailles, les adjoints du shérif ont retrouvé le cadavre de Lester.

Son corps avait été nettoyé par les coyotes. Le décès remontait à plusieurs mois.

Le shérif a pensé que la mort était peut-être bien naturelle. Le juge a dit, elle l'est. Tout le monde a été d'accord : pas question de mettre en accusation la moralité de ceux de Snowshoe Peak.

Les habitants de Movie Spring se sont tournés vers leur maire.

Il a suffi que je prononce un beau discours. Lester était un héros, c'est ce que j'ai dit. Et qu'il était mort faute à la neige et à cette saloperie de guerre.

Croyez-moi, docteur, j'ai été très applaudi.

*

À Movie Spring, personne ne s'occupe plus de ce qui se passe dans la grande ferme, là-bas, tout au bout du vallon, là où la neige fond la dernière.

Le juge Barrimore a dit qu'attiser la braise risquerait d'anéantir l'harmonie d'un foyer à l'équilibre précaire. Une mère et sa fille qui travaillent dur dans un environnement de chien.

Sans homme pour retourner la terre, leur vie est sauvage. Paraît qu'elles vont prendre un jeune pour les aider.

Sûr, entre ces trois-là, s'il doit y avoir des accommodements, nous autres, les habitants de toutes les paroisses autour du lac Pend-Oreille jusqu'aux montagnes de Parcell et même du côté de la rivière Kootenay, on va fermer les yeux sur la nouvelle situation.

Yep, docteur ! On va les fermer. C'est comme ça que s'éteint le doute, dans nos régions. Y faut donner raison aux vivants.

Le Soldat inconnu

Moi, je n'aime pas du tout la guerre.

Elle a éclaté comme un coup de tonnerre. Je venais à peine de terminer ma maison. J'avais fini de clouer le plancher. J'avais recouvert le toit. J'avais mis un peu d'argent de côté.

Dans mon pays, j'ai pour voisins une veuve et ses trois enfants. Je me disais : « Une femme et son moujik, ça peut se nourrir. Tandis qu'une femme toute seule, ça ne peut que crever. » Je me disais : « Voilà, au printemps, j'épouserai Helena Grigovna et ses trois enfants. La moisson rentrée, je lui ferai un gosse à nous. Ça fera quatre en tout. Des bras plus tard pour les champs. »

Je me disais aussi : « Ma situation n'est pas plus mauvaise que celle des autres. »

Et il a fallu partir. Le tsar nous a appelés sous les drapeaux.

Dans le train qui partait à la guerre, j'ai pensé à boire, mais je me suis retenu. Dans un tel malheur, la vodka, se saouler, n'est même plus une consolation.

*

Les officiers ne sont pas regardants sur l'instruction. Ils préfèrent nos muscles, pour soulever nos sacs et nos fusils, à des intelligences qui discutent tout. Quatorze millions de moujiks sont sortis des campagnes pour vaincre l'ennemi. Les soldats sont de bons camarades. Nous sommes tous frères, jusque dans la mort. Un soldat russe, un *Ivan*, un *Popov*, doit tout savoir, tout supporter et tout vaincre ! La faim, la soif et le froid nocturne qui, depuis novembre, enchaînent nos membres à la terre des tranchées.

*

Je fais la guerre pour la justice. Les chefs ont dit qu'il fallait supporter la souffrance et laisser crier les faibles. Je n'aime pas la guerre pour autant. Je ne l'aime pas parce que je ne la comprends pas. Mais je la fais parce que les ordres viennent d'en haut. Nos mains sont entraînées à tuer. Nous sommes modelés pour obéir. Et puis, la vacherie dure depuis si longtemps que j'en ai pris l'habitude.

*

La guerre est ma nouvelle maison. Elle a usé mon corps. Mes bras sont lourds. Mes jambes plient par habitude de patauger dans la boue. Mon cerveau a perdu l'envie de penser. Il s'est épaissi sous la poigne du casque.

La guerre, c'est le temps de baisser la tête.

*

C'est une erreur de croire qu'à force de combattre, le soldat s'endurcit et devient plus brave. Un jour, j'ai eu une rage de dents pendant toute une bataille. J'avais si mal que je n'ai pas eu peur. L'homme ne peut suffire à deux malheurs à la fois.

*

Aujourd'hui, on s'est battus au corps à corps. Il y a eu un grand combat et nous étions tous fous. J'ai embroché deux types. Deux fois j'ai enfoncé mon couteau dans le ventre de ceux d'en face. Maintenant qu'on nous a appris à le faire, je vois bien que ça n'est pas si terrible. Au moins, tas de bouseux, disent les chefs, vous aurez appris quelque chose.

*

Quand j'étais gosse, on jouait à la guerre. D'abord on ne peut pas croire qu'une baïonnette s'enfonce dans un homme comme dans du beurre. Mais quand il faut la retirer, alors ça, c'est plus difficile. Tu te mets en rage. L'autre hurle, évidemment, il se cramponne. Il faut tourner la baïonnette dans tous les sens, et tu as envie de tout envoyer au diable !

*

J'en ai assez de me battre.

Camarade, écris donc à ma mère quelques lignes sur cette guerre. Prends la plume à ma place, voici trois cigarettes, moi je ne sais pas écrire. Dis-lui que l'ennemi a troué ma chemise, ma chemise et mon dos aussi. Ma mère aura pitié du dos, mais elle regrettera davantage la chemise ! Pourquoi, me dira-t-elle, n'as-tu pas enlevé ta chemise avant d'être blessé ?

*

D'abord, j'ai eu le mal du pays. À la fin, je me suis habitué. J'ai trouvé d'autres plaisirs. J'ai fait taire ma peur, et mon cœur a brûlé au combat. Mais maintenant, c'est fini. Il n'y a plus rien. Je ne veux plus rentrer chez moi. Je n'attends plus de nouvelles. Je ne crains plus la mort et le combat ne me donne plus de joie, j'en ai juste assez !

*

Je viens de faire un prisonnier. Il s'est présenté devant moi à la corne du bois. Il a surgi de la brume avec des allures de fantôme.

Il titubait sur place. J'ai braqué mon fusil sur lui. Il était sans armes. Il a levé les mains en l'air.

Je lui ai attaché les bras et quand on est arrivés en vue de nos lignes, je lui ai ligoté les jambes avec ma ceinture. On est descendus dans un trou d'obus.

Je lui ai dit :

« Assieds-toi, on va se reposer. »

Il s'est assis dans la vase. Je lui ai mis une cigarette entre les dents. Il a souri pas très fort et il est devenu tout bleu.

Je lui ai demandé :

« Officier ? »

Il a dit non.

Alors je lui ai demandé :

« Soldat ? »

Il a fait oui avec la tête.

Je n'y comprenais plus rien. Il avait arraché tous les signes distinctifs qui pouvaient le rattacher à un régiment ou à un grade. Tout en fumant, je pensais à la meilleure façon de le présenter au commandant pour qu'il me donne une récompense.

Quand j'ai eu fini ma cigarette, je lui ai dit :

« Lève-toi ! On s'en va ! »

Il n'a rien répondu.

Je lui ai répété l'ordre.

« Debout ! »

Il se taisait toujours.

Je l'ai regardé. Il souriait, la cigarette éteinte à la bouche.

Je l'ai touché.

Il était mort.

Je suis resté assis auprès de lui. J'ai examiné son visage brûlé par les marches et le souffle de la bataille. J'ai presque envié son sommeil irrévocable. J'étais si fatigué que mes articulations chantaient.

Longtemps on est restés là.

*

Le soleil s'est éclipsé du champ de bataille. La lune a regardé la terre et elle est devenue borgne. Les étoiles ont regardé la nuit et elles se sont éteintes.

Le jour pâle du lendemain a commencé à regarder au fond du trou.

J'ignorais le nom du soldat qui se trouvait à côté de moi. Au travers de mes yeux embrouillés par un reste de sommeil, le visage du mort n'était plus que la promesse d'une paix égale à l'égarement que je ressentais.

Nous étions frères.

Le passé est l'ogre du cœur

La planète regorge de vieillards désenchantés qui contemplent la chute du jour avec une appréhension indicible, et je suis de ceux-là depuis que mon épouse adorée est morte.

Le front appuyé contre la vitre de la fenêtre de mon bureau, je regarde la trame de la nuit fondre sur le bourg d'Oberstdorf. La brume s'installe au fond du jardin. La silhouette estompée des arbres se mêle à l'enquête foireuse que je fais sur la couleur de mes rêves. L'obscurité triomphe de la forme des maisons. Les toits sont recouverts de neige. Le silence étrangle les bruits. La rue se rassure en allumant ses réverbères, et un poids de plus en plus lourd se perche sur mes épaules.

À juste titre, les mélomanes disent que le

piano – *Klavier auf Deutsch* – est le chant de l'âme et, dans la pénombre, j'écoute avec recueillement un disque que ma bien-aimée chérissait entre tous. Avec le talent qu'on sait, le divin Mozart s'est glissé derrière le piano pour sonner la charge de ma mélancolie. Subtil démon, il entame le premier mouvement du concerto n° 9, dit du *Jeune homme*. Il a le pied agile. Et la fantaisie riche et désinvolte de l'impertinent génie, raille le vieil homme que je suis devenu. Nous sommes en 1982. J'ai quatre-vingt-quatre ans. Est-il souhaitable de prolonger l'aventure de la vie lorsque l'être le plus cher a disparu ?

*

Pendant trente ans de bonheur conjugal, Dora Hintermann, née Vogel, ma chère épouse, m'a offert la chaleur parfaite de son ventre et le souvenir de cette délicieuse personne continue à voyager dans chacune de mes pensées.

Bien qu'elle fût artiste jusqu'au bout des ongles et que son rire clair inondât le moindre de ses propos, Dora était une femme de tête. Elle avait prévu l'échéance fatale qui serait la sienne et, dans sa grande sagesse, avait vendu ses tableaux à un galeriste et souscrit une assurance-vie dont elle m'avait fait le bénéficiaire. Ajoutée à ma retraite d'officier supérieur, cette importante somme d'argent visait à me mettre à l'abri du besoin.

J'habite Villa Werther, au numéro 26 de la Wilhelmstrasse, en compagnie de mes souvenirs de guerre et de ma gouvernante, Frau Heidi Schultz.

En dépit de mon grand âge et sans doute grâce à l'air pur des Alpes d'Algau, je jouis d'une santé de fer. Elle me permet de profiter du confort de la maison et notre grand jardin m'offre le dédale de ses allées romantiques au creux desquelles, goûtant la paix des ombrages, des grottes et des tonnelles, je m'astreins à marcher par pure discipline militaire.

Villa Werther, le train-train de notre existence est fondé sur une rigueur et une vie régulière qui me conviennent parfaitement.

Chaque matin, le pas de grenadier de Frau Schultz ébranle l'escalier qui mène à ma chambre. La clenche de la porte tourne lentement sur elle-même. La robuste femme fait son entrée, les bras chargés d'un plateau encombré de tasses et d'argenterie. Zélée à l'excès, Heidi Schultz est de la race des gens de maison qui vous extermineraient au prétexte de vous maintenir en bonne santé. À l'office, elle a confectionné avec un soin méticuleux un plantureux petit déjeuner – saucisses et pain bis, œufs sur le plat, café fort avec un trait de lait, viennoiseries, miel, confitures et beurre de baratte. Avec des grâces d'éléphanteau, elle dépose le plateau devant moi. Elle se penche sur le lit et ajoute à l'édifice des victuailles la *Gazette du jour.*

*

La bonne humeur est de rigueur :

« *Guten Morgen, Herr General !* Dehors, il gèle. La neige menace de tomber à nouveau, nous en avons vu d'autres !

— *Grüss Gott, Frau Schultz !* Comment allez-vous aujourd'hui ?

— Mieux que demain, *Herr General.* Mes genoux annoncent un changement de temps. »

Elle tire les rideaux et ouvre la fenêtre en grand. Elle rabat les volets, les attache, puis inspecte les toits de la ville qui s'éveille.

Cédant à un rite impérieux, elle hume l'air

glacial des Alpes d'Algau et se penche dans le vide. Elle donne un moment l'impression qu'elle serait capable de s'y précipiter, de prendre indéfiniment appui sur l'air, et de glisser, bras étendus, vers le fond de la vallée ou, au contraire, d'adopter la posture du plongeur et de s'écraser sur le lit du torrent qui coule aux pieds de la propriété. Heidi Schultz est de cette espèce de femme chamboulée par la guerre pour qui sans cesse naître et mourir sont ce fameux truc à recommencer.

Avec sa grande bouche, elle lance son credo :

« Le vieux monde est toujours là, mon général. Les cheminées fument. Les choses, les gens sont à leur place.

— *Gut, Heidi. Sehr gut.* »

Je noue ma serviette. J'entame mon petit déjeuner.

Frau Schultz referme la croisée. Elle se campe au pied du lit et tient le pari d'une raideur magistrale. Comme elle reste sans proférer la moindre parole, c'est moi, la bouche pleine, qui m'informe.

« *Also, Frau Schultz...* comment se porte notre République fédérale ?

— Elle se gave de libéralisme, de capitalisme et même de communisme, se lamente la gouvernante. *Schweinhunden !* Kohl et Mitterrand sont copains comme cochons.

— Qu'en disent nos compatriotes ?

— Gagnés par la lâcheté générale, ils font semblant de pencher pour la Grande Europe.

— Mais… la journée ne s'annonce pas trop mal, au moins ? »

Frau Schultz grince des dents.

« Surtout, ne me posez pas ce genre de question ! », glapit-elle.

Elle n'aime pas que les choses aillent trop bien. Elle avale sa salive et croise ses bras d'athlète devant sa large poitrine. Au bout d'un moment douloureux, elle ferme les yeux.

Elle les rouvre, s'exclame :

« Vous le savez bien, *Herr Hintermann !* Plus jamais je ne serai heureuse ! Cette nuit encore, j'ai fait un abominable cauchemar. J'ai revécu le suicide de notre Führer ! Une meute vociférante avait surgi au détour d'un mur de béton. Ces gens m'entouraient. Je ne les connaissais pas. Je ne comprenais pas les langues dans lesquelles ils s'exprimaient. Ils étaient la lie ! Des étrangers. Des émigrés. Des Polaks, des Lituaniens, des Tziganes ! Roms de la Puszta, montreurs d'ours, rempailleurs de chaises, tresseurs de paniers ! Les troupes russes étaient entrées dans Berlin. Le Reichstag était en feu. Ils applaudissaient au spectacle des ruines ! Ils brisaient les aigles d'airain ! Ils brûlaient les drapeaux frappés de la Svastika ! Ils se nommaient Abel Dollpnitz, Sghir Gacem, Youssef Charbak, Amil Bujanski, Adrian Simonescu ! Ils frappaient dans leurs mains ! En blouses, ils dansaient sur des airs de rhapsodie ! Les cheveux en désordre, ils faisaient pleurer les violons ! Je n'ai rien pu faire ! J'étais paralysée par la crainte ! »

Je la fixe. J'ai les doigts pleins de confiture. Je les essuie pensivement.

Trente-cinq ans après le tournant de l'Histoire, Frau Schultz ressent toujours le besoin de payer sa dette. Submergée par une bouffée d'angoisse, elle allume une cigarette et, aussitôt, l'air transporte de gros nuages de fumée bleue autour d'elle.

« De quoi aviez-vous peur, Frau Schultz ?

— *Nacht und Nebel !*... J'avais peur que des survivants me reconnaissent... », bredouille-t-elle.

Je la laisse mijoter assez pour deviner qu'elle cherche à définir pour elle-même un avenir envisageable, et n'en trouve pas.

Partagée entre rage et amertume, elle

devient agitée. Elle écrase sa cigarette dans un cendrier.

Elle retourne à son délire :

« D'un coup, l'esplanade a été envahie par une foule d'aujourd'hui… Les femmes étaient habillées de manière indécente, les jeunes avaient les cheveux longs, le nez sémite et le sexe circoncis. Ils criaient : “Faisons table rase du passé ! Hitler est mort, vive le monde libre !” Grands dieux ! À tous les coins de rue fleurissaient des calicots. Brandis par des Juifs, des Turcs et des gens de couleur, ils réclamaient l'adultère, ils prônaient la drogue. Une foule en pyjamas rayés fondait sur moi. Les plus hystériques posaient leurs mains glacées sur mon corps. En un tournemain, ils me déshabillaient. *Herr Hintermann*, vous souriez !… Ce n'est pas le moment de plaisanter !

— Je ne m'en sens pas le cœur, *Frau Schultz*.

— J'avais l'intérieur des cuisses plein de boue ! Ils m'ont tondue ! Ils voulaient que j'enfile un imperméable transparent. Ils ont commencé à me cracher dessus, à me molester ! J'ai réalisé que je ne serais plus jamais à l'abri du passé ! »

Je me tais.

*

Après le feu, c'est la cendre. Frau Schultz fricote nerveusement son mouchoir. Elle chasse deux grosses larmes.

« Quel gâchis ! Quelle immense fatigue ! soupire-t-elle. Je vous présente mes excuses, *Herr General*, pour ce moment d'abandon. Je suis bien ingrate. Vous qui m'avez recueillie dans votre maison alors que j'allais être emportée par ma folie… »

Je lève les yeux sur Frau Schultz.

« Eh bien, je vais vous avouer une chose, Heidi… À moi aussi, vous savez, souvent le passé dévore le cœur. »

Frau Schultz s'anime aussitôt. Un parfum d'eau de Cologne monte de son corsage. Je viens de lui insuffler la vie.

La voilà pleine d'espoir.

« Vous êtes d'accord avec moi, Otto ?…. *Ach !* Que je suis contente ! Avouez que nous avons transmis les responsabilités du pays à des dégénérés et que tout le monde s'en fout ! »

J'avale mon café et, soucieux d'arrondir les angles, je commets une bourde involontaire :

« Ça ! De nos jours, bien peu de jeunes

Allemands ont l'idée que la patrie est morte », dis-je.

Elle dessine une moue avec sa bouche de gorgone.

« Mais nous sommes encore là, n'est-ce pas ?, s'écrie-t-elle. Des survivants d'une époque de rudesse et de violence, et nous considérons que c'est à notre garde qu'ont été confiées les véritables richesses morales du peuple germanique !

— Vous parlez d'or, Frau Schultz. Toutefois, en public, je vous invite à tempérer vos propos… Il faut compter avec l'usure du temps, et nous ne referons jamais plus les gestes que nous avons accomplis autrefois…

— Nous attendrons l'heure de notre revanche !

— Si nous vivons encore quelques années, marchant à tâtons, le sang rare et épuisé, usés au glaucome, à l'hypertension, appuyés sur une canne, avec nos décorations à la boutonnière, on nous montrera dans les fêtes commémoratives comme de vénérables reliques… Je ne pense pas que nous soyons bien utiles !

— Ça ne nous fait guère avancer, ce que vous dites-là, *Herr General !* Je vous plains, si vous abandonnez le navire ! »

Son apitoiement me fait sourire. Elle chasse les miettes de sucre de mes draps. Elle remballe son argenterie. Une ombre de tristesse envahit son visage.

« Ne reniez pas le passé, *Herr General Otto Hintermann !* Vous devriez le savoir mieux que quiconque : la vie ne reçoit son sens profond que si elle est engagée pour des idées ! Celles du Grand Reich nous ont façonnés ! Elles nous ont donné de vivre dans les rayons invisibles de grands sentiments ! Je répète aujourd'hui ce que je scandais hier : *Heil Hitler !* »

Elle a claqué des talons.

Je m'abstiens de tout commentaire. J'attends que l'ancienne infirmière ait fini de prêcher son latin. Sa grand-messe.

La nuque épaisse sous son chignon de nattes tressées, elle sort de la pièce.

Ces personnes-là sont incorrigibles. Irrattrapables.

*

Je pense à Ernst Jünger quand il écrit : « Il se peut que Dieu soit avec les plus forts bataillons ; mais les plus forts bataillons se trouvent-ils dans la civilisation la plus haute ? »

Judicieuse question posée par l'écrivain ! Les cohortes du Troisième Reich étaient-elles du côté de la civilisation la plus haute ? Les troupes d'assaut dont j'ai fait partie ont montré assez de barbarie pour qu'on en doute aujourd'hui. Dieu lui-même, lassé par notre morgue d'Aryens invincibles, nous a abandonnés dans les faubourgs de Stalingrad. Il a eu bien raison. Sinon, jusqu'où aurions-nous été ? Jusqu'où le fascisme nous aurait-il entraînés ?

*

J'enfile une robe de chambre. Je fais crisser ma barbe de la veille. Je descends au rez-de-chaussée.

Ma bibliothèque regorge de livres et de traités historiques qui s'essaient à cautériser les plaies laissées par la défaite et n'en finissent pas d'absoudre le peuple allemand, fourvoyé par l'idéologie d'un dictateur paranoïaque.

Comment n'ai-je rien vu venir ? Pourquoi ai-je levé le bras, comme des millions d'autres ? Pourquoi ai-je chaussé les bottes de l'occupant ? Pourquoi ai-je contribué au pillage de la France ? Pourquoi ai-je aboyé avec les chiens-loups la haine du peuple d'Israël ?

J'ouvre le journal du jour et lis que des anonymes ont profané un cimetière juif du côté de Leipzig. Les vandales ont laissé derrière eux plus de deux cents croix gammées. Se peut-il encore une fois que de jeunes forces manipulées se lèvent et transforment leur ardeur fanatique en un sanglant projet ?

Jeune officier, j'ai moi-même fait partie dès 1933 des enrôlés qui s'élançaient dans l'arène, motivés par une extase qui nous emportait déjà au-dessus de tout ce qui était humain. Nous avons combattu les pieds dans la boue et dans le sang, mais notre visage était tourné – du moins en étions-nous persuadés – vers un idéal d'une grande et haute valeur. Et aucun des innombrables camarades que nous avons perdus au combat dans l'immensité de la steppe russe n'a jamais imaginé que son adhésion au grand rêve halluciné du pangermanisme contribuerait à faire sombrer l'Allemagne dans le chaos le plus total.

Aveugles. Nous avons été aveugles !

*

C'est l'heure où j'évacue mon intestin. Le teint gâté et la langue saburrale, je pénètre dans les WC.

Je m'assieds sur la lunette. Les pieds escamotés par le bouffant à la turque de mon pantalon de pyjama, je relâche mon abdomen. Je répands une odeur fade de vieillard. Je cligne des yeux pour mieux filtrer la lumière que dispense un vasistas en verre cathédrale.

En face de moi, punaisée sur la porte, une photo agrandie fait l'objet de toute mon attention. Sur le cliché en noir et blanc, on distingue un bel officier dressé sur son cheval. Sous la casquette cambrée, son visage énergique et ses yeux perçants disent une grande fermeté de caractère. À la tête d'un bataillon harnaché pour le combat, raide dans la tige de ses bottes, il fraye un chemin à sa troupe qui avance au pas cadencé derrière un *glockenspiel*.

Tout au plaisir de retrouver comme chaque matin ce vieux souvenir de ma grandeur passée, je déchante bien vite. La glace me renvoie, tapie dans la demi-clarté du cabinet, l'image d'un vieux despote lové sur un trône de porcelaine.

Je porte la main à ma bouche. Il me manque deux dents sur le devant. Quand je viens ici, au « petit lieu », à cause d'une grande détestation de moi-même, je ressasse toujours la même chose qui me donne carrément envie de vomir.

Pourquoi continuer ? Quel est le sens de la marche ? Effacer la vie des autres ? Garder la sienne le plus longtemps possible ? La vie, c'est quoi ? Un droit ? Une obligation ? Un peu de fuite ? Une course imbécile rattrapée par des balles ?

M'eussiez-vous connu avec le grade de colonel, lorsque j'ai défilé en 1940 sur les Champs-Élysées à la tête du quatrième corps de cavalerie bavaroise, vous ne m'auriez pas trouvé la moindre circonstance atténuante. J'étais l'incarnation de l'envahisseur haï par les Français.

Au travers de la porte, j'entends chanter Frau Heidi Schultz qui s'affaire à ses fourneaux.

Elle fredonne un chant de guerre.

Au milieu d'un monde de croûtes et de peaux sèches, je ne vais pas tarder à aller faire ma toilette.

Je ferme les yeux, mais la douleur reste.

La vérité, Anna Dvorjak ?

Ce matin, Prague a les paupières lourdes. Elle affecte le sommeil pour n'avoir pas à pleurer.

Prague n'a pas de chagrin. Pas de peine inutile. Un tyran est mort. Un autre viendra. Elle a l'habitude. Elle s'est endurcie.

Ce matin, Prague a les paupières lourdes. Elle a la vue basse. Le pas lourd. Un cache-nez autour du cou.

Les administrations restent ouvertes. Les drapeaux sont en berne. Le brouillard flotte sur les rues de la ville. Ses clochers sont des poignards d'orgueil dressés dans un ciel de neige.

Pourquoi cacher le froid ? Andropov, le maître du Kremlin, est mort. Glace à tous les étages.

— Je m'appelle Anna Dvorjak. J'ai 61 ans. Je travaille au Bureau d'enregistrement de la rue Celetnà.

Dans mon cas, pas de manches de lustrine, pas de tampons, pas de timbres. Pas de numéros à prendre pour accéder à mon guichet. Pas de pouvoirs à remplir. Pas de pièces d'identité à fournir. Pas de coupons, de récépissés. De « faire suivre » ou d'« inconnu à l'adresse indiquée ».

Je suis femme de ménage. Je lave à grandes eaux sous les bottes. Toujours à quatre pattes.

Je suis si fatiguée. Pourvu qu'ils me gardent.

Je m'appelle Anna. J'ai de mauvaises jambes. Je traverse en courant la place de la Vieille-Ville où se trouve le centre de l'Administration municipale. Hier, j'ai abandonné mon poste pendant une demi-heure. Saint Norbert ! Saint Georges ! Saint Wenceslas ! Pourvu qu'ils me gardent !

Ce matin, Prague va au travail. Les trams ferraillent place de l'Armée-Rouge. Un homme rit derrière son journal. Les policiers en capotes de drap grossier donnent des ailes aux carrefours.

Peuple mouton, peuple blessé, peuple de Prague, la mécanique du système soviétique est implacable. Quel successeur pour Andropov ? Quel vieillard cruel pour étouffer la liberté ?

Politburo, nomenklatura, plenum, soviet suprême, l'Ours de bronze s'avance déjà. Gorbatchev ou Romanov ? Tout plutôt que Tchernenko !

— Je m'appelle Anna Dvorjak et j'ai quitté mon poste de balayeuse pendant une demi-heure. Je vous demande pardon, monsieur le Fonctionnaire. Ne me renvoyez pas !

J'ai couru sur mes jambes. J'ai fait le plus vite possible. L'horloge au-dessus de la petite église s'est mise à sonner juste comme je passais devant le porche. Ma sœur m'avait envoyé un paquet de France. Ma sœur Maria, celle qui est mariée à un Parisien. Dans les registres de la police, son nom figure à la rubrique des voltigeuses qui ont profité d'une bourse d'État pour quitter leur patrie sans espoir de retour. Elle est à Paris. Elle est employée chez une actrice de théâtre. Gouvernante, on pourrait dire. C'est ma sœur, tout de même.

Ce matin, à Prague, à Sofia, à Varsovie, à Leningrad, le temps s'est arrêté. Les drapeaux sont en berne. Condoléances attristées. Les salves des fusils tonnent sur la Russie. Les sirènes hurlent à la mort. Cinq minutes d'arrêt de travail.

Tandis que les loups se mordent dans les

couloirs du Kremlin, les grands de ce monde prennent un billet de la Pan Am pour saluer la dépouille de feu le maître des Soviets.

Sur son catafalque d'oubli, Andropov, le despote le plus puissant du monde, retourne à sa dimension d'homme. Il s'appelait Youri. Il était né un jour d'été. À Stavropol, dans le Caucase du Nord. Là où les montagnes barrent la route aux pluies de la Caspienne.

— Monsieur le Fonctionnaire, je n'ai rien fait de mal. Je n'ai fait que soustraire trente petites minutes de mon travail à l'Administration. Je resterai travailler plus longtemps demain. Vous pensez bien.

J'ai couru jusqu'à l'hôtel Praha. C'est un hôtel d'État. On y reçoit les étrangers. Je me suis cachée. Je suis passée par la lingerie, il est vrai. Parce que j'avais honte. Chambre 504, j'ai frappé. Il était là, le voyageur.

J'ai ouvert le paquet qu'il me tendait. Je l'ai ouvert devant lui. C'était du chocolat, monsieur l'Officier. Un tout petit colis. Du café, des biscuits de Reims et deux paires de chaussettes en laine dans une boîte à chaussures.

J'ai mangé un chocolat. J'ai pleuré. Dans une lettre jointe à son envoi, Maria disait qu'elle était heureuse. Tenez, vous pouvez lire, monsieur le Chef de bureau. Tout ce que je dis est exact. Maria a un aspirateur, un Frigidaire et une voiture. Elle fait construire sa propre maison. Je jure que c'est la vérité.

— La vérité, Anna Dvorjak ?

— La vérité, monsieur l'Officier.

À Moscou commence le défilé. À Prague, on sort du travail. Des grilles en chicanes barrent les avenues. La Maison des Syndicats est bloquée par des véhicules militaires. Pressez sur le trottoir ! Pressez ! Une haie de soldats raides, faces figées, regarde passer la foule avec des yeux soupçonneux.

— La vérité, Anna Dvorjak ?

— La vérité, monsieur l'Officier. Je n'ai volé qu'un peu de temps au Parti.

Sur le pont Bolchoï Kamenny qui franchit la Moskova derrière le Kremlin, une cinquantaine d'hommes en uniformes prend position devant chaque balustrade. Les membres du Comité central apparaissent au balcon. Ils sont tous là, les fabuleux vieillards, les assassins du Printemps, et leur couleur de cendre leur vaut des milliers de drapeaux.

Tremblez, monde satellite, vous avez un nouveau maître ! Une nouvelle statue de sel, de knout et d'amertume !

On attendait Romanov. Et voilà que c'est Tchernenko.

Tremblez pour la lumière, peuples de Hongrie, de Pologne, de Leipzig et de Prague ! Soumettez-vous, ou du moins retournez au sommeil lourd, à la léthargie, aux temps mêlés !

Pourquoi cacher le froid ? Prague a les paupières lourdes. Le brouillard se dissipe lentement. Les trams ferraillent en abordant la place de l'Armée-Rouge. Les policiers donnent des ailes au trafic. Un cortège de limousines noires passe en hurlant.

Dans une rue adjacente, une femme âgée longe les immeubles en courant. Elle tire la jambe, mais elle se hâte.

Elle croise des gens pressés. Des visages flous. Pas de compassion. Pas de chagrin. Pas de peine. Pas de signes de reconnaissance. Prague a l'onglée. Prague cache ses oreilles. Prague a les yeux qui pleurent.

— La vérité, Anna Dvorjak ? C'est que vous êtes renvoyée. Vous êtes trop vieille pour balayer.

Un tampon. Deux cachets.

Signé illisible, l'Officier.

Faraudière et Chopin

C'étaient deux copains. Deux petits chasseurs. Toujours ensemble. Jamais séparés. Ni à la soupe ni au casse-gueule.

Ils s'étaient fait écharper par un obus de 105. Ils étaient émiettés dans le même trou. Tués vifs alors qu'ils partageaient une boîte de sardines.

Décousus ensemble. Vous n'auriez pas pu dire ce qui appartenait à l'un, ce qui revenait à l'autre.

Alors on les avait enterrés ensemble. Foutus dans le même cercueil. Une jambe de l'un, un bras de l'autre. Un hachis pour les têtes, quatre godillots, deux médailles, des lambeaux de capote et une bourtouillade de chair humaine.

L'équipe des croque-morts avait raclé le fond du cratère ouvert par l'acier Krupp. Les types ne voulaient rien oublier du passage des deux petits biffins. Tout ce qui restait de leur chaude amitié.

Ils avaient empilé dans la bière tout ce qui leur ressemblait de près ou de loin. Une pipe, la boîte de sardines, un paquet de lettres à demi consumé et un briquet fabriqué à partir d'une douille de mitrailleuse. L'accablement mangeait la figure de ceux qui s'acquittaient de cette tâche. Ils ne voulaient rien oublier. Inutile d'ajouter le remords au regret.

Une tombe, une seule pour les deux copains. Une seule tombe, une seule boîte de sardines, une seule croix blanche avec, gravé dessus, Faraudière et Chopin.

Des potes indémaillables.

Et la guerre continuait.

La Fosse commune

Caporal Boucle d'Or, le simplet, l'innocent, le labouré de guerre, est le gardien d'un étrange cimetière.

C'est lui, l'estropié de la ciboule, qui a demandé à veiller sur le jardin des Allongés. À sa sortie de l'hosto, ça l'a pris : « Je veux habiter chez les morts », il a dit. Après qu'il a été scalpé par un shrapnel. Trépanation. Lobotomie. Cerveau lisse. Un an de convalo. Mémoire effacée.

Eu égard à ses états de service, l'amnésique a trouvé du piston. Son colonel l'a casé au milieu des croix blanches. Belle affectation, en vérité, pour un halluciné profond qui trouve son équilibre précaire dans l'accordaille entre les jours, les tués par tombereaux et sa cervelle vide où l'air et les paroles chantent des notes parfaites qu'il s'empresse d'oublier.

Boucle d'Or ne souffre pas de la fréquentation de la mort. Elle lui est familière. Le bidasse garde un excellent appétit. La gamelle est bonne. Les chefs sont gentils. Les horreurs de la guerre s'accumulent. Les régiments sont décimés par bataillons entiers.

Des contingents de mortibus déferlent chaque soir, grivetons sans vie, paysans enturbannés de pansements, gens des villes la bouche ouverte, grands gazés, penseurs désarticulés, artistes décervelés, cavaliers pourfendus, amputés notoires, pères de famille, zigotos, lustucrus, avocats, manutentionnaires, agents d'assurance, curés, poètes, assassins, huissiers de justice, dragons, chasseurs ou biffins – tous farcis d'acier tordu, lardés, écrabouillés, dispersés –, tous égaux devant le gala des marmites. Sans trêve ni répit, l'accablant cortège des tringlots morts pour la patrie se presse aux portes du cimetière. Boucle d'Or les reçoit. Leur désigne un lit de glaise. Un petit coin de repos.

Extravagant spécial, il est devenu un spécialiste. Gardien des trépassés, il s'échine à leur service. Physionomiste en cadavres, il se recueille sur la tombe des nouveaux arrivants.

À la première pelletée de terre, il se signe avant de les laisser dans l'obscurité.

Sans plaisir et sans hâte, il trottine dans le cimetière. Majordome visionnaire du grand bazar en cours, il sort un grand chapelet, le passe à son poignet. Il psalmodie à voix haute des mots bourdonnants qui suppléent aux Je vous salue Marie depuis longtemps oubliés. Il vaque à ses occupations, puis occulte les atrocités entrevues.

Au fur et à mesure de l'avancement du jour, ses souvenirs récents s'effacent. Division 6, division 7, il suit le dédale des sentiers recouverts de gravier et d'herbes folles. Il sourit aux plus récentes victimes, aussitôt les oublie. D'autres allongés les remplacent. Des poilus tout aussi morts et dignes d'intérêt que ceux de l'avant-veille.

Et les jours passent. Il oublie.

Il oublie les dates. Il mélange les saisons. Il envoie lanlaire le passé qui s'émiette.

*

Gadouille, gadin, godillots crottés, le simplet dévale la colline.

Crâne d'œuf – c'est désormais son sobriquet

– arrive de bonne heure sur le lieu de son travail. Il inspecte le ciel. Ses yeux s'attardent sur les arbres dénudés d'une forêt lointaine. Il respire l'air frais du matin. Son visage exprime la grâce des accords qui le traversent. Vivre, comme c'est agréable ! Il sourit en écoutant le croassement des corbeaux qui nettoient le champ de bataille.

À saute-juillet déjà s'annonce novembre, ses frimas, ses bourbes et sa mouscaille. Il pousse la grille du cimetière.

Aujourd'hui comme d'habitude, le malbruti s'incline devant une tombe fumante.

L'odeur, il recule.

Il bredouille des mots de réconfort. C'est tout le bien qu'il sait faire. La pluie se met à tomber sur son crâne poli. Sa capote bleu horizon exhale une odeur de drap infesté par les remugles de la charogne. Il ferme les yeux. Il s'incline devant la boyauderie. Bonjour la tombe !

Plus loin, dans ce jardin des suppliciés comme chez lui, le cinglé clopine. On enterre les morts de la veille. Ceux qu'on n'a pas pu identifier. Désormais, c'est la routine. La fosse commune est prête. Elle déroule ses entrailles d'une capacité sans bornes. Elle accueille les corps torturés par le feu roulant de l'artillerie. Ceux qu'on n'a pas le temps de reconnaître. Ceux que même leur mère ne reconnaîtrait pas. Des moitiés de boches, des morceaux de chasseurs ou de tirailleurs. Des bras perdus, des chéchias, des décapités. Des sans-formes.

Aussi des pas-de-chance, des fusillés par un vent glacé.

Les équipes du matin sont au travail. Elles épandent la chaux vive sur les corps. Gestes coutumiers. Les aides-fossoyeurs jardinent. Ils chaulent les macchabées. Ils engraissent la terre ogresse. La mort pue atroce. Dissolution des cadavres, des médailles et des uniformes. Chemin anonyme vers le néant. La guerre déborde de disparus.

Elle dure depuis si longtemps.

*

Galipette, gadin, garde-à-vous, caporal Boucle d'Or sursaute.

Le croque-mort entend venir des sabots sur

le chemin. Un clancul qui s'ramène ? Voilà que c'est le colonel !

Arrive à cheval blanc l'officier – un rince-bouteilles à cinq galons. Dans un bruit de sabre, il descend de sa haridelle.

Boucle d'Or salue, réglementaire.

« Dites, mon colonel, c'est encore loin, la paix ? Parce qu'on va bientôt manquer de terrain.

— Repos, soldat. On rebouchera tout ça bientôt.

— J'vous crois aux prunes, mon colonel.

— C'est l'affaire de deux, trois semaines. De quatre ou cinq divisions supplémentaires. On fera venir les coloniaux. »

En marchant, les deux hommes passent par un corridor où la bourrasque s'enfile. Caporal Boucle d'Or bouge la tête. Il se retourne. Aujourd'hui, c'est vent d'est. Les effluves viennent des avant-postes.

« Cette nuit, il dit, Boucle d'Or, y a eu du vent. Les macchabées y z'ont joué la symphonie des cronis.

— Quékcékça ? le colon s'informe.

— Une musique comme une plainte, il répond, le caporal. Avec des moments très aigus, comme qui dirait des orgues en plus froid. La froissure de l'air qui passe sur les côtes et la chair de poule qui dresse les poils.

— Les morts qui parleraient ! suppute le colonel. Tu débloques, Crâne d'œuf ! »

Il froisse sa moustache poivre et sel. Il grogne. Il est contrarié.

Haut dans ses bottes, il fronce les sourcils. Il dit :

« Je n'aime pas l'idée que les morts rouspètent ! Si ce barnum recommence, je te prie de me faire ton rapport.

— Vous avez des craintes, mon colonel ? Un homme comme vous ? Un chef qui commande les contre-attaques !

— Ces jours-là, je ne dors pas, si tu veux savoir. Et quand ça tourne mal pour mes petits… je fais des efforts pour ne pas pleurer, parce que je ne pourrais pas m'arrêter.

— Il faut pas vous éplucher le chou, mon officier ! La capilotade au sortir des tranchées, vous z'y êtes pour rien !… »

Le colonel baisse la tête. Ses médailles caressées par le vent émettent un imperceptible bruit de sonnaille.

« La route que je trace est sanglante, reconnaît l'officier.

— N'empêche, vous êtes le père du régiment.

— Je suis aussi son boucher. Je ne peux pas protéger mes hommes contre la guerre. Beaucoup vont encore se faire étaler. »

À l'évocation des sacrifices inutiles, voilà-t-il pas que le militaire de haut grade fait une bouille couleur de saindoux. Il prend le simplet pour seul juge. Il compte sur sa faculté de tout oublier. Sans prévenir, il se déboutonne, il se livre, il s'abandonne :

« Dans mes cauchemars, il confesse, souvent, par bataillons entiers, les soldats me reprochent de les transformer en viande à mouches… »

Pour le coup, c'est caporal Boucle d'Or qui se fige. Il n'arrive pas à se souvenir du jour où il s'est fait étaler. Il a perdu toute trace de sa propre boucherie. Il prend l'air rêveur. Il se gratte le coude.

Il dit :

« Mourir, à tous les coups, ça doit faire drôlement mal. »

Avec de beaux yeux affolés, il demande :

« Au grand méchoui des baïonnettes, combien de morts pour un héros ? Combien de victimes, mon colonel ? Combien d'ensevelis dans l'entonnoir ? »

Le colon dévisage le détraqué. Soudain, une lueur de panique gagne les prunelles du stratège.

« Où veux-tu m'entraîner, petit ? bredouille-t-il en fixant l'innocent avec un rien de suspicion. J'envoie les soldats au casse-pipe chaque fois que l'état-major le demande ! Est-ce ma faute si le manège à poilus accélère et devient fou ?

— Dame ! se risque le simplet, avec tous les embrochés qu'vous faites, monsieur l'officier, j'aimerais pas souffler dans vot'clairon !

— Tu accuses ton bienfaiteur d'être un buveur de sang ?

— C'est mon cœur qui dit ça, murmure le trépané. Moi, je n'en pense pas grand-chose. »

Le colon est ébranlé. Il recule sur ses bottes. Ses sourcils broussaillent. Ses joues s'affaissent. Ses lèvres tremblent.

« Après tout, tu as raison sur toute la ligne… dit-il entre ses dents. Chacun sa guerre, chacun son mirliton ! D'aucuns sont nés pour commander… D'autres sont voués à se noyer dans la soupe à massacre…

— Quand même !… Méfiez-vous des

prolos de la riflette, mon officier… Au fond des tombes, de plus en plus ça renifle.

— Quoi ? Des mécontents ? Les âmes mettraient-elles la crosse en l'air ?

— Que je vous dise, mon officier… C'est pire que ce vous pensez !

— Plaît-il ?

— Les crevés !… Du fond des ténèbres, très pénible effet, certaines nuits, ils se rebiffent !

— Que dis-tu là ?

— La vérité nue, je le jure !

— Vas-tu parler, engin ! Dégoise ! »

Le simplet sourit. Ce qui lui vient à l'esprit est lourd comme une montagne. Il ne se fait pas prier pour en parler :

« Quelle patience, les morts au fond des trous, si vous saviez ! Ils attendent le juste moment… Un signe du ciel. Les soirs de vent, si les nuages moutonnent, si les relents de charogne arrivent jusqu'ici, ils sortent des sépulcres, tous ensemble… Unis comme un peuple des catacombes… Ils montent au grand gala des plaintes et des imprécations. Chorale d'anathèmes, ils entament un tumulte prodigieux ! Debout, les morts ! C'est la fête des allongés !

— Une mutinerie ! Tu mens, niguedouille ! Tu veux m'impressionner ! »

Boucle d'Or appesantit son regard transparent sur la tunique à cinq galons. En douceur, ses pupilles détaillent l'uniforme rutilant du militaire.

« Je les entends de mieux en mieux », soutient-il en se rapprochant du gradé.

Il lui parle dans la bouche. Il lui souffle sous le nez.

« L'habitude qui fait ça..., il ressasse.

— Pas de resquille entre nous ! Dis-moi tout ce que tu sais !

— Suffit de s'mettre là-bas... à la corne du champ... Accroupi, c'est parfait. J'entends les asticots qui font remuer les chairs. Peu à peu, le cimetière frémit. Le vent siffle dans les croix. Un tringlot commence. Il rebouge un tout petit peu sous son casque Adrian. Et, après lui, un autre fantassin. Un sapeur. Un sergent. Un territorial. Un géant mortibus. Ils ont une haleine putride. En arrière-plan, des chandelles de terre surgissent. Les écrabousés se dressent ! Un crevé par une ferraille en pleine poitrine s'ébroue dans la panade. Y a un petit lieutenant, il a gardé un étrange sourire pendant toute la semaine. Et puis, d'un seul coup, sa bouche a passé au travers de ses dents, un œil s'est enfoncé dans le crâne, ses orbites étaient grandes ouvertes et j'ai eu l'impression qu'il allait se mettre à crier.

— Il a fini par le faire ?

— Il me semble.

— Il te semble ?

— Je ne suis plus sûr. Huit jours déjà…

— Réfléchis, caporal. A-t-il proféré des menaces contre ses chefs ?

— Il a gueulé : "Mort aux vaches !" Quelque chose dans ce goût-là… Le reste, je ne suis plus sûr. C'est à cause de ma cervelle de veau ! Elle efface tout !

— Fais un effort, caporal ! Bon Dieu, dégoise !

— Les cronis ont dit qu'ils z'allaient vous faire la peau ! Ils z'ont dit crème de vache, on va l'buter ! En souvenir des p'tits chasseurs du Bois-Sapin !

— Je ne pouvais rien pour eux ! »

Le colon est livide. Des images atroces passent devant ses yeux égarés. À pleine voix, il se disculpe :

« Ceux qui s'élancent en tête ont peu de chances d'arriver les premiers ! gueule-t-il. Ils se font crever par la mitraille. Ceux qui passent au travers des mines sont des chanceux... Les balles perdues font le reste... Qu'y puis-je ?

— Vous les aimez, au moins ? Vous les aimez, les p'tits biffins ?

— Comment le pourrais-je ? Je n'ai même pas le temps de les connaître...

— Et ça vous convient d'envoyer rouler leurs têtes de jeunots au jeu de quilles du grand bastringue ?

— Fieffé salaud ! Comment peux-tu dire ça ?

— Je ne sais pas. Je ne sais plus. C'est venu. C'est parti. C'est tout.

— Vilain bilboquet à crâne dur ! Au gniouf ! Au falot ! Tu insultes ton chef !

— Joli comme ça, mon colonel !

— Vas-tu oublier ce que tu profères ?

— À force de respirer la mort, faut que je la dégueule !

— Est-ce ma responsabilité si la guerre perd la trace de Dieu ? Est-ce ma faute si la bataille qui se gagne sur les cartes n'est pas conforme à celle que les hommes jouent sur le terrain ? Tous les stratèges ont bâti leur réputation sur des pertes humaines... Je ne suis pas plus mauvais qu'un autre, tu sais... »

Boucle d'Or ne sait pas lui répondre. Il

caresse son crâne lisse, ses cicatrices. Il entend s'éveiller son rêve. Il écoute sa propre voix.

Il bégaye :

« Je ne suis pas mort, moi… Comment j'ai bien pu faire ? »

Soudain, il s'élance. Il plaque le colonel et son cafard. Il les perd de vue. Il les noie dans son brouillard personnel.

À peine s'il entend dans la distance les gueulements du soudard qui s'éraille :

« Ingrat ! Enfant de salaud ! Con de la lune ! Fous le camp, malheur de ma vie ! Moi qui t'ai recueilli ! Moi qui t'ai dorloté dans le fourrage ! »

Le dos léger, Boucle d'Or trottine.

Il oublie l'algarade. Le cerveau lisse, il s'en va sans rancune et sans haine.

En remontant le long de la fosse commune, il pète dans son froc et ça le soulage. Division 9, juste avant de sortir du cimetière, il cueille une poignée de chrysanthèmes jetés sur une tombe fraîche. Il regarde sa trouvaille avec émerveillement.

Il sourit à la nue qui se charge d'encre noire et de pluie. Il brandit le bouquet le plus haut possible. Son poing tendu monte jusqu'à l'univers.

Il s'écrie :

« Putain, les fleurs, le ciel et les champs ! Quelles couleurs vous méritez ! »

Toss, toss, ce fameux jour où nous avons trinqué

Un homme est entré dans le bistrot.

Il portait un imperméable, un cache-nez et des bottes. Il tenait une valise en carton au bout de son poing noué et traînait un baluchon de fringues derrière lui.

Il a laissé tomber tout le fourniment au pied du comptoir.

Il a posé son coude sur le zinc. L'accablement lui mangeait la figure. Il a regardé les poivrots, les habitués.

Il a dit :

« La guerre est finie. »

Un client lui a approché une chaise.

« Assoyez-vous, m'sieur, vous paraissez fatigué. »

Le gars s'est assis. Il s'est essuyé le front avec son tire-jus.

Il a réitéré :

« Officiel ! Ils ont signé l'armistice. Dans un wagon SNCF. »

Personne a bougé.

« La guerre est finie, s'est entêté le bonhomme.

— Vous êtes sûr ?

— Ben oui. J'ai été le premier informé.

— C'est à s'taper, un truc pareil ! a proféré le patron derrière son bar. Y z'ont arrêté mon n'veu pas plus tard qu'hier… »

Au bout d'un moment, en s'étouffant à moitié dans ses mots, il s'est écrié :

« S'il est mort à cette heure, fusillé contre un mur, c'est trop con, c'est trop dur ! C'est injuste. Quel malheur ! »

Il a mâché sa cigarette. Il savait plus ce qu'il faisait.

« Comment vous avez appris la nouvelle, m'sieur ? a demandé le poivrot du bout du bar.

— Dans ma baignoire.

— Mais… Comment s'fait-il qu'une pareille nouvelle vous parvienne avant tout le monde ?

— Parce que j'habite chez mon frère. »

Le poivrot a hoché la tête en signe d'incompréhension. Ses lèvres ont bougé, mais il n'a rien dit.

Après, il s'est redressé :

« Sans vouloir vous blesser, m'sieur, le sens de votre réponse m'échappe... Une baignoire, j'vois toujours pas le rapport avec le wagon de l'armistice...

— C'est pourtant pas difficile. Poupette et moi, on prend toujours notre bain ensemble. Le téléphone a sonné. On s'est regardés. "Vas-y, toi, a dit Poupette. À cette heure-ci, un coup de téléphone, c'est pas normal." »

Le bistroquet a passé sa main sur son avant-bras velu.

« Et c'était l'Armistice qu'appelait ?

— Aussi distinctement que je vous parle ! »

Le poivrot s'est gratté le crâne sous sa casquette. Il a planté ses yeux délavés dans ceux de l'homme. Il l'a plus lâché :

« Ça serait pas joli, m'sieur, de vouloir nous balader...

— Pourquoi je vous baladerais ? Mon frère est un héros ! Croix de la valeur militaire au Chemin des Dames ! Il s'est battu à la *Rosalie*. Il a encaissé les marmites, les gaz, les shrapnels ! Il a nettoyé les *creutes* à la tête de sa section ! Tout à la baïonnette ! Au couteau de boucher ! Tout au peigne fin !

— Possiblement, m'sieur… Vot' frère a bien mérité de la patrie, mais noyé dans deux millions de morts, ça compte pas, pour l'armistice !

— Ça compte ! La preuve, c'est qu'en récompense de ses services mon frère, qui a été blessé en 17, a été nommé chauffeur d'un général à cinq étoiles !

— Admettons. Où ça nous mène ?

— À l'armistice ! Le général est un des signataires du côté français.

— Oui, mais vot' frère… y signe pas !

— Il téléphone !… Pendant que les huiles prenaient place dans le wagon et paraphaient les pièces du traité, tout de suite il a voulu appeler sa femme… Lui apprendre la grande nouvelle ! Comme il est tombé sur moi, il m'a dit : Frangin, c'est chouette, la guerre est finie ! Je vais rentrer ! Vite ! Passe-moi Poupette ! Je lui ai passé Poupette. »

Le patron était en train de tirer une bière. Il a suspendu son geste.

« Poupette ?… Son épouse, alors ? », il a demandé en se retournant.

L'homme a vaguement opiné du chef.

« Ben oui. Ma belle-sœur. »

Le poivrot a ricané :

« Pendant qu'il en découdsait à la baïonnette, le pauv'diable… y pouvait pas deviner que sa femme avait le goujon à l'air !

— Bon, dit le patron après un silence gêné, l'Armistice sonne chez vous… Qu'est-ce que vous avez fait ?

— Je suis sorti de mon bain… J'ai couru au téléphone !

— Et Poupette ? Comment elle a réagi, Poupette ?

— Elle a gloussé. Comme si elle avait trouvé un œuf.

— Mais encore ?

— Mes appels l'avaient sortie de ses eaux savonneuses. Elle a attrapé l'écouteur. Elle était à poil. Du savon sur les épaules. Elle a dit crotte. Ça, et puis je ne sais plus quoi d'autre. J'ai bien cru qu'elle allait tourner de l'œil. »

Les yeux de l'homme et le regard du taulier se sont croisés, peuplés d'ombres et de lumières contradictoires.

« Je vous suis toujours, a dit le patron. Continuez, avec votre omelette-surprise, je ne vous lâche plus… »

Pour mettre un terme à sa propre contrariété, l'homme s'est versé un ballon de vin de comptoir. Gris de Pagny-sur-Moselle. Un simple vin de soif. La bouteille traînait devant lui.

Plus personne bougeait, dans le bistrot. Le poêle ronflait, chargé jusqu'à la gueule.

Le type en a profité pour creuser encore un verre. Un verre ballon, sur le comptoir. Gris de Pagny. Un fameux vin de soif. Il l'a reposé sur son pied.

Une mouche a décollé d'un vol lourd. Elle est allée se jeter contre le carreau de la fenêtre. Le taulier a secoué la tête avec gravité. Même, il a passé la main sur son crâne chauve comme pour le faire reluire.

« Tout de même, il a fait, quand je pense que ça fait quatre ans qu'on attend que cette vacherie de guerre finisse, et que le jour où elle s'arrête, on ne veut pas le croire !

— T'as raison, Marcel ! a approuvé un des clients en se levant de table dans un bruit de verres entrechoqués, un truc pareil, ça s'arrose ! »

C'était un Lorrain qui venait de l'Est, là-bas, à Saint-Avold, alors forcément il faisait partie de la clique à Saint-Nabor. Il s'est mis à fredonner comme ça, pour sa paroisse :

Envoyez le vin rouge et blanc du Hepstalberg
La bière aux céréales du Kritzberg
Le cidre de la forêt du Ostastilchen
Et l'eau de miel de la Blaumiehen !

Le poivrot a fait la grimace, vu qu'il était de Lucey, peut-être de Pagney-derrière-Barine. Il a longé le bord du comptoir en poussant son verre devant lui.

« Ça s'arrose ! », il a répété en se tordant un pied à cause d'une imperfection du carrelage.

Et il a rivé son beignet à celui de Saint-Avold.

Il a dit au taulier :

« Sors nos vins pas prétentieux, Marcel ! Ceux qui s'boivent frais et qui ont une saveur framboisée… »

Pis, faisant escale devant l'étranger, il a tirelire comme ça, entre ses dents :

« À la vôtre, m'sieur ! Malgré l'heure tardive, vous êtes en quelque sorte le messager du bonheur !

— Croyez pas ça », a répondu l'autre.

Il avait le dos au feu.

« Croyez pas ça, il a répété. Pour moi, c'est jour de deuil. C'est Bérézina et désespoir ! »

À l'improviste, il a vidé son troisième verre.

Toujours du Pagny. Il lui trouvait un agrément certain, vu que ça le grisait gentiment, mais il était trop obsédé par l'image de la femme de son frère pour en apprécier le bouquet.

Il a été traversé par un sanglot sec et a enfoui son visage entre ses mains.

« Si vous saviez quel cul elle a, Poupette ! il a commencé à gémir. Si vous saviez seulement jusqu'où peut vous entraîner l'amour ! »

Oubliant toute réserve, il a ouvert ses mains. Il a laissé entrevoir un visage bouleversé. Il s'est laissé envahir par un sentiment de révolte plus fort que la raison.

« Si vous saviez les jours heureux que j'ai vécus entre les bras de la femme de mon frère ! En l'espace de quatre ans, Poupette était devenue ma toute femme ! Ma toute première ! Et ma toute dernière ! »

Il s'est redressé.

« En une nuit, sur un simple coup de téléphone, j'ai dû renoncer à tout cela ! »

Il a essayé d'effacer ses larmes avec ses poings. Il avait de grosses mains de jardinier.

Il a bramé :

« J'avais planté plus de cent mirabelliers ! Elle me faisait des tartes comme d'énormes lunes ! »

Il s'est griffé la face. Il a tapé sur la table la plus proche.

Il a gueulé :

« Elle m'a viré ! Et j'ai nulle part où aller ! »

Sa vision était brouillée.

Il a dit :

« Je suis un type foutu. Un salaud absolu ! »

Il a ramassé ses hardes. Il avait le dos lourd, en sortant. Il se tenait immobile sur le seuil du bistrot. Les portes du troquet étaient ouvertes sur l'espace vide de la place. La lumière électrique rendait son imper encore plus blanc. Il pouvait être dix heures du soir, quelque part dans un trou perdu au fin fond de la Meurthe-et-Moselle. Peut-être du côté de Charmes-la-Côte ou de Mont-le-Vignoble. En un endroit où la terre, qui a tout bu, tout vu, tout ramassé, est force et meurtrissures.

Un de ces villages emplis d'images déteintes où les spectres des grivetons bleu horizon revoguent devant les yeux de la population pour la moindre déchirure de cœur. Enterrés du fort de Vaux, rescapés de Reichshoffen, ensevelis du Chemin des Dames. Prisonniers du *Blitzkrieg*. Pantins lancés en l'air, toutes guerres confondues. Grands mutilés. Gazés, étalés, scalpés.

Les gens du bistrot se tenaient coi. La buée des plaintes, les hachis de batailles leur remontaient à la tête. Ils se taisaient. Ils regardaient la nuit. Les images sont toujours bruyantes alors que s'avance, au-devant des mémoires hallucinées, le fleuve rugissant, le grand train cadencé des obus, le *Trommelfeuer* de Von Böhm qui, si longtemps, si cruellement, a ouvert les flancs de la Lorraine de ses crachats flamboyants.

« C'est un gars, il a plus qu'à se trouver une bonne guerre », a chuchoté le limonadier.

Il a mâché sa cigarette. Il a passé un coup d'éponge sur le comptoir. Il a essuyé sa main sur le pan de son tablier.

À la clientèle attentive, il a proposé :

« Toss, toss, messieurs ! C'est ma tournée ! Buvons à ceux qui vont revenir ! »

Ils ont trinqué avec plaisir. Ils ont bu sans tapage. La mouche est sortie faire un tour du côté du réverbère. Son vol était lourd. Elle avait l'air soûle. Le froid l'a étourdie.

L'homme à l'imper se tenait toujours dans la lumière.

Il restait deux chaises blanches et vides à la terrasse du café.

L'homme les a tournées vers l'allée de marronniers au bout de laquelle se découpait la silhouette héroïque du cuirassier français qui, cheval braqué, immortalisait dans un geste de bronze l'embrochage d'un uhlan de la mort de la guerre de 1870. Il s'est assis sur l'une d'elles.

Il a gardé longtemps la tête dirigée vers le ciel.

La planète regorge de types qui regardent ainsi tomber une pluie fine et glaciale annonciatrice de neige au mois de novembre.

Il s'est épongé le front avec son mouchoir. Il s'est redressé avec lenteur.

Il a commencé à traverser la place déserte, juste éclairée par des loupiotes.

Au loin on percevait les trilles d'un accordéon.

Il a commencé à danser, doucement, avec son ombre.

« C'est bizarre, tout de même, a fait observer le poivrot en jetant un regard au-dehors, jamais les guerres ne finissent en été. »

Mais personne n'a répondu.

Le patron venait de poser sa grosse main sur la dernière mouche de l'année.

Il appuyait.

Table

DU MÊME AUTEUR

Romans

À bulletins rouges, Gallimard, 1973, Carré noir, 1974.

Billy-ze-Kick, Gallimard, 1974, Mazarine, 1980, Folio, 1985.

Mister Love, Denoël, 1977.

Typhon Gazoline, Jean Goujon, 1978, Fleuve noir, 1991.

Bloody Mary, Mazarine, 1979, Livre de Poche, 1982 (prix Fictions 1979, prix Mystère de la critique), Fayard noir, 2006.

Groom, Mazarine, 1980, Gallimard 1981, Fayard noir, 2006.

Canicule, Mazarine, 1982, Livre de Poche 1983.

La Vie ripolin, Mazarine, 1986, Livre de Poche 1987 (Grand prix du roman de la Société des Gens de Lettres, 1986).

Un grand pas vers le Bon Dieu, Grasset, 1989 (prix Goncourt 1989, Goncourt des Lycéens 1989), Livre de Poche, 1991.

Symphonie Grabuge, Grasset, 1994 (prix Populiste), Livre de Poche, 1996.

Le Roi des ordures, Fayard, 1997, Livre de Poche, 1998.

Le Cri du peuple, Grasset, 1999 (prix Louis-Guilloux pour l'ensemble de son œuvre), Livre de Poche, 2001.

L'Homme qui assassinait sa vie, Fayard, 2001, Livre de Poche, 2003.

Le Journal de Louise B., Robert Laffont, 2002, Presses Pocket, 2005.

Quatre soldats français :

* *Adieu la vie, adieu l'amour*, Robert Laffont, 2004, Presses Pocket, 2005.

** *La Femme au gant rouge*, Robert Laffont, 2005, Presses Pocket, 2007.

*** *La Grande Zigouille*, Robert Laffont, 2006.

En attendant l'eau chaude, roman graphique, Flammarion, 2007.

Nouvelles

Patchwork, Mazarine, 1983 (prix des Deux-Magots, 1983), Livre de Poche, 1992.

Baby-boom, Mazarine, 1985 (prix Goncourt de la nouvelle 1986), Livre de Poche, 1987.

Dix-huit tentatives pour devenir un saint, Payot, 1989, Folio, 1990.

Courage chacun, Julliard, « l'Atelier », 1992, Presses Pocket, 1993.

Un monsieur bien mis, Fayard, 1997.

New York, 100e rue est, Six pieds sous terre, 2004.

Si on s'aimait ? Fayard, 2005, Livre de Poche, 2008.

En collaboration avec Dan Franck (romans)

Les Aventures de Boro, reporter photographe

La Dame de Berlin, Fayard/Balland, 1987, Presses Pocket, 1989.

Le Temps des cerises, Fayard, 1989, Presses Pocket, 1992.

Les Noces de Guernica, Fayard, 1994, Presses Pocket, 1996.

Mademoiselle Chat, Fayard, 1996, Presses Pocket, 1998.

Boro s'en va-t-en guerre, Fayard, 2000, Presses Pocket, 2002.

Cher Boro, Fayard, 2006, Presses Pocket, 2007.

La Fête à Boro, Fayard, 2007.

Albums photos

Crime-club, photographies de Gérard Rondeau, La Manufacture, 1985.

Le Cirque, photographies de Gérard Rondeau, Reflets, 1990.

Terres de Gironde, collectif, Vivisques, 1991.

Jamais comme avant, photographies de Robert Doisneau, Le Cercle d'Art, 1996.

Untel père et fils, photographies de Christian Delécluse, Le Cercle d'Art, 1998.

J'ai fait un beau voyage, photo-journal, photographies de Jean Vautrin, Le Cercle d'Art, 1999.

Sabine Weiss, photographies de Sabine Weiss, La Martinière, 2003.

Dijon, portrait d'une ville, photographies de Philippe Maupetit, Le Cercle d'Art, 2007.

Bandes dessinées

Tardi en banlieue, fusains et acryliques de Jacques Tardi, Casterman, 1990.
Bloody-Mary, dessins de Jean Teulé, Glénat, 1983 (prix de la Critique à Angoulême).
Le Cri du peuple, adaptation et dessins de Jacques Tardi, Casterman, 2001 (Alph'art du meilleur dessin et prix du public, 2001 à Angoulême) :
* *Les Canons du 18 mars*, Casterman, 2001.
** *L'Espoir assassiné*, Casterman, 2002.
*** *Les Heures sanglantes*, Casterman, 2003.
**** *Le Testament des ruines*, Casterman, 2004.
Les Aventures de Boro, reporter photographe, *La Dame de Berlin*, Franck et Vautrin, dessins de Marc Veber (3 tomes), Casterman, 2007.

Recueils

Romans noirs, Fayard, 1991.
Histoires déglinguées, nouvelles, Fayard, 1999.

Composé par Nord Compo Multimédia
7, rue de Fives, 59650 Villeneuve-d'Ascq

Pour l'éditeur, le principe est d'utiliser des papiers composés de fibres naturelles, renouvelables, recyclables et fabriquées à partir de bois issus de forêts qui adoptent un système d'aménagement durable.
En outre, l'éditeur attend de ses fournisseurs de papier qu'ils s'inscrivent dans une démarche de certification environnementale reconnue.

Cet ouvrage a été imprimé en France par
CPI Bussière
à Saint-Amand-Montrond (Cher)
en décembre 2008

35-33-2748-8/01

Dépôt légal : janvier 2009.
N° d'édition : 111397. – N° d'impression : 083684/4.